지역문학총서
31

신승박 시 전집

한경희 엮음

경진
출판

안동 경안고 재학시절

문학청년 시절(모자를 즐겨 썼다고 전함)

세 분 누님들과 함께(맨 왼쪽 신승박 시인)

맨 왼쪽 신승박 시인, 오른쪽 한복 입고 손자 업은 어머니

야유회 자리로 보이는 한 때

낙동강가 영호루 경내에 있는 신승박 시비

1993년 10월 23일 고 신승박 시비를 세우며
(얼굴이 보이는 좌로부터) 권중한, 김윤한 (시비 바로 옆에 선 사람) 신세훈 전 문인협회 이사장
(등이 보이는 좌로부터) 변호섭, 혜봉 스님, 김성영, 최유근, 백승초, 권기태

제적

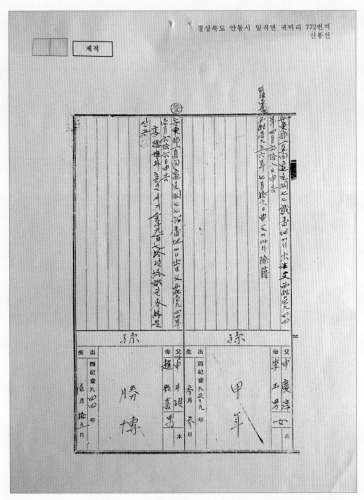

신승박 시인의 제적등본(갑년은 사촌으로 보임)

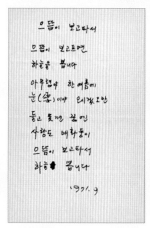

친필 시(독일에서 거주하는 아들 신으
뜸이 보관하고 있음)

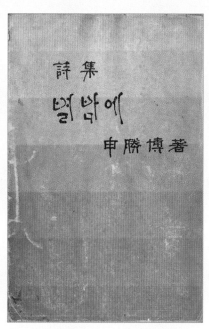

첫 시집 『별밤에』(무하문화사, 1961) 표지

수고본 시집

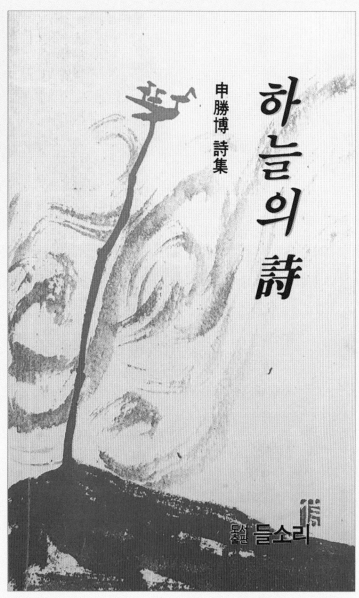

유고시집 『하늘의 시』(들소리, 1993) 표지

『신승박 시 전집』을 펴내면서

안동에 신승박 시인이 있었다는 소리를 대학원 다니면서 들었다. 1990년대 안동에서 시 읽기 운동을 펼치던 고 임병호 시인에게서 자주 이름을 들으면서 그분이 요절한 사연과 문학세계가 궁금했다. 경안고등학교에 다닐 때부터 시재가 뛰어나 당시 문교부장관상을 받았고 시집도 출판해서 안동에서는 문사로 이름을 날렸다고 들었다. 시 세계도 우리 고유의 한을 잘 담아내고 있기에 1960년대 당시 한하운은 소월 시를 잇는 작품으로 극찬하기도 했다. 십대 후반에 외로움과 그리움을 한으로 승화시켜낸 것이다.

전쟁을 겪은 상처에 가난까지 보태진 현실에서 대부분의 사람들에게 우울한 정서가 있었을 것이라 짐작해보면 신승박 시 세계의 우울함과 외로움은 너무나 자연스러울 수 있다. 글 하는 선비에 대한 존경이 시 쓰는 시인에게도 투영되어 시와 시인에 대한 찬사가 남아 있던 시대였다. 비록 불안하고 우울한 시대였으나 시를 밤하늘의 별처럼 바라보던 귀한 시대였다. 그래서 신승박 시인은 학교도 중간에 그만두고 시의 길로 뛰어들었던 것 같다. 문학청년기 시 쓴다고 학교를 그만둔 일은 시에 인생을 걸었던 그의 시 정신을 볼 수 있는 사건이다.

현대문학 공부를 한답시고 서지 정리가 안정적으로 된 책과 자료를 손쉽게 보면서 전집 펴내는 일의 어려움을 모르고 싶어 했던 것 같다. 그런데 지역문학을 공부하자면 자료정리는 아주 요긴한 일이었고 그 길목에서 솔직히 방황을 했다. 이미 선학들이 고군분투하면서 출판한 자료를 편하게 보면서 문학 해석의 정밀성과 문학사적 깊이에 충실하면 된다고 위로했다. 그런데 지역문학 연구 맨 앞자리에 있어야 할 자료에 대한 책임 있는 행동이 필요한 시간과 맞닥뜨리고 말았다.

그동안 지역문학에 관심을 갖고 공부하면서 아직 관련 단행본도 제대로 내지 못했다. 잡지에 연재한 글도 있으나 묶어낼 엄두를 내지 못했다. 많이 부족한 글이라 다듬고 보태야 한다는 생각을 지울 수 없었기 때문이다. 그리고 급하게 서둘 일이 아니라고 생각했다. 그러나 무슨 일이든 정리해야 다음 단계로 나아갈 수 있다. 그 정리를 차일피일 미루는 일은 다음 단계로 넘어가지 않으려는 변명일 수 있다. 신중함과 게으름의 어중간한 상태로 지내온 것이 진실일 것 같다. 나의 안이한 신중이 얼마나 태만한 일인가를 깨닫게 되면서 전집을 묶는 일에 속도를 냈다.

안동현대문학사에서 신승박 시인의 역할은 두드러진다. 1960년대 현대시를 쓰고 시집을 출판한 사람으로 유일하다. 그만큼 황량한 지역문단에 활력을 불어넣는 역할을 감당했다. 당시 안동문단의 척박한 현실에서 '맥향'의 학생들에게 시의 길을 몸소 보여주었고, '글밭' 동인으로 활동했다. '글밭'의 회원인 고 임병호 시인과 김윤한 시인께 특별히 고마운 마음을 전하고 싶다. 고 임병호 시인은 신승박 시인에 대한 자세한 이야기를 들려주셨고, '글밭' 동인의 산 증인인 김윤한 시인은 동인지에 실린 신승박 시를 찾아주셨다. 아울러 시인의 첫 시집 표지사진을 온전하게 실을 수 있어서 전집이 더욱 돋보이게 되었다.

그리고 신승박 시인의 외조카 이영석 선생님께 고마운 인사를 드린다. 안동 신시장 일대 시인이 생활했던 공간을 살피는 데 많은 도움을 주셨다. 오래된 외삼촌 사진을 잘 보관하고 있었으며 친필 수고본 시집까지 챙기신 분이다. 독일에 있는 신승박 시인의 사모님과 아드님도 사진과 친필 시를 보내주셨다. 이분들의 도움으로 전집이 제 모습을 갖출 수 있었다. 끝으로 이 전집을 책답게 만들어주신 경진출판 양정섭 대표님께 감사드린다.

2022년 8월
엮은이 한경희

일러두기

1. 작품에서 한자로 쓴 시나 서문과 발문은 모두 '한문漢文'의 예처럼 한글과 한문을 병기했다.
2. 현행 맞춤법에 맞추되 의미가 통하는 안동지역의 사투리는 최대한 원문 그대로 두었다.
3. 쉼표, 마침표 등이 지나치게 많고 적절하지 않아 특별한 경우를 제외하고 대부분 지웠다.

차례

제1부 『별밤에』

제2부 『하늘의 시』

제3부 1963년 수고본

부 록

제1부 『별밤에』

소쩍새

솥이 적어
솥이 적다고
소쩍새 운다

하루가 십년 $^{+年}$ 마냥
길기만 하던
허기진 오월 ^{五月}의
기인 허리에
보리밭 사이로
소쩍새 운다

가는 허릴랑
잡아 잡아매고
길어진 치마끈은
한 허리만 더 묶자고
소쩍새, 긴 밤을
울어 울어 샌다

덜 여문 보리알을

애타게 씹어 보다
별나게도 해가 기인 농부農夫가
자리에 들면

솥이 적어
솥이 적다고
오 오 소쩍새
밤 깊도록 운다

송아지 잠이 들었다

기인 긴 낮 사이를
울기만 하던
목메인 송아지
잠이 들었다

포근히
포스근히
잠이 들었다

피곤한 어미와
외로운 아들의
오월^{五月}의 한밤은
달빛에 잔다

피리

불두화佛頭花 꽃이
꽃이 피면은

꽃 하나 따다
가사袈裟에 꽂고

밤새 울어 쌓는
접동새 보다

서름에 서름에 겨운 여승女僧은
피리를 분다

가는 손가락은 파들거리며
앞으로만 고깔은
숙여지더니

피리 끝엔 방울 방울
눈물이 지고

서러워 서러워

살아온 날을

피처럼 새겨보며
피리를 분다

탈속脫俗은 몇 년인가
유사이전有史以前의

눈감은 예불상禮佛像은
말이 없는데······

작은 가슴은 목탁木鐸소리
외로움에 겨워

아쉬워 아쉬움에
지나 지난날이

그리워 그리워
피리를 분다

내 마음

붉게 붉어 피 묻어
타는 노을에
탄다 타버린다
내 마음

마알간 호숫가
씻어둔 바위 위에
바람 씻어 타고
찾아가는
내 마음

소슬히 강바람이
옷깃을 불면
지향 없이 가고프다
내 마음

창窓 넘어 달 돋으면
잊어 잊어 두고
바람에 꽃닢 지면

서러운가

내 마음

그날은

겨울밤, 눈보라
휘몰아쳐 와
사슴의 꼬리에
솜 뭉치가 얼던 날은

문풍지 흐느끼는
등잔불 아래
흐느끼며, 말없이
너가 가던 날이어라

잔디 풀 쥐어뜯어
잘근거리며
말없이 앉았어도
즐거웠던 날은

파래한 생명生命마냥
냇물처럼 흐르렴도
꽃다히 가잔 말로
피나는 웃음 짓던

그날이어라

산악山嶽이 불꽃으로
뒤덮이며 타던 때
단풍丹楓놀이 지쳐
앓아 뉘던 그날은

꽃등이 저바린
통곡痛哭 바다에
바위 치며 외 울음
아쉬운 그날이어라

바람 불면 잊는다고
하늘만을 바라보며
해 넘어 산山 넘어
고개 심던 그날은

무덤가에 오랑캐꽃
보랏빛 가냘픔에

휘파람 휘휘 불며
바람처럼 방랑하던
그날이어라

그때 내 노래는

그대 나로 하여
슬어졌다 하량이면
내 혼魂은 풀꽃을 떠나
바람이 되오리다

속 젖은 눈시울에
살프낟 고백을

그대 나로 하여
잠 못든다 하량이면

그때 내 노래는
들 끝으로 가오리다

그대 나로 하여
눈물진다 하량이면

내 가삼은 낙엽落葉에다
이슬 젖어 가오리다

애꿎어라, 소망들이
묻허진 날에

그대가 나로 하여
한숨 진다 하량이면

그때 내 노래는
바람 끝에 가오리다

내 마음 둘 곳

몹사리 그리운
그리운 마음

따스근 마음을랑
어디에다 두라했오

휘휘한 들 끝에다
안아다 뿌리릿까

끝없는 강물에다
띄워 흘러 보내리까

설구지 마음 두고
돌아 울며 가실 때

빈 마음, 외로 가슴
눈물짓는 가슴에사

애여라, 살구꽃이
애만 타면 되오랬오

달빛을 걷는다

나를 찾아주고
너를 잃어버린
예가 어디냐

짙익은 앵두 알
감미甘味로운, 내 사랑

나즉한 부름으로
밤을 걷는다
달빛을 거닌다

매화梅花여 꽃등이
찬 이슬 길어

밤바람 쏘이며
예가 어디냐

가련다
달빛 아롱이진

돌담, 모롱이를 돌아

몇 걸음 서성거리다
돌아올 뿐인
애틋한 그리움으로

밤을 걷는다
달빛을 거니노라고

강가에 앉아

새가 우즐기고
풀 내음이 흐뭇이
피어오르나

메마른 가슴은
강가에 두었노라

피라미 떼 쫓을 기고
예리한 꼬리는
물살을 헤젓는데

하늘은 흰 구름
갈 바를 잃어

강가에 나앉아
또 하루를 잃어버림에

기다림은
파삭지근한 꿈의

한 모서릴 잘라

눈물을 켜고 삼켰으런다
달빛 창백^{蒼白}한
돌담 그늘에

눈물을 깨물어
손 놓아 줌에

벌레 소리는 애즈래겨워
가슴을 찢었거니

너 지금 어디 여이랴
바다가 마냥 그립다던
너의 미소^{微笑}는

머언 바다 망망^{茫茫}한 돛대 위에
애틋한 그리움으로
등^燈은 외로움에 몸 떨었을 때

흩어진 꿈자릴 주워 모아
모닥불 피고
외로운, 나
나를 위하여
기도하여 주련가

여기
유월六月
싱싱한 햇빛을 받아

백사장白沙場엔 꽃 한 잎 붉어 있지 않으나
애즈래기 기다린
가슴 파 헤집고
너 목놓아
후두둑 흐느껴나 주지 않으련

바다 머언 수평선水平線 너머
너의 가느다란 목고개는

피어 있으련만

한결 가슴은 외롭기만 해
강가에 앉아
또 하루를 잃어버리누나

휴일송 休日頌

해는 들창으로 밝아 오다
쉬는 날 밝은 해는
밝아 오다

무거운 잠자리에
몸 일으키며
귀 기울여 미소微笑 실며
아침이 오다

어미 소 일터 나간
목멘 송아지

버드나무 그늘 아래
한낮을 울면

버들피리 만들어
강둑에 불고

향수鄕愁 실은 내 곡조에

해가 지도록

쉬는 내 쉬는 날은
종일을

피리 불며 나홀로
쉬일 양 하다

사랑의 나래

눈빛雪光으로
머언 데서 찾아온
편지의 한끝을 태우던 밤
사랑의 나래는

산山을 넘고 바다를 건너
고요히
그리움의
나래를 펼치어라

이별離別을 아끼던
애사린 가을밤
달 그늘 아래로 헤어져 간
꿈들이 있어

홍색紅色 구름을 타고
장미薔薇보다 붉은
꽃잎을 타고
사랑의 나래는 이 밤

고히도 펼치어라

다시 만나는 기쁨을 불살은
사월강변四月江邊
조용히 포옹抱擁하던 계절季節의
따사로움 가득해

부푸른 가슴을 타고
행복幸福한 공간空間을 노래하면서
꿈의 보금자리로 스며든
사랑의 나래

겨울밤

그리움 불사르며
문풍지가 운다

까치가 울고 간
이 하루가 저물도록
오려던 사람은 눈보라 속에
주저앉는가

석고상石膏像의 애절 사린 눈물은
밤의 차가운 가슴에다
부었는데……

사랑의 불꽃은
다듬질만 해두고

별마저 퍼져간
눈 내리는 밤을

기인 긴 이 한밤은

불을 밝히고
내사 잠들지 못하것다

오려던 사람은
눈보라 속에
주저앉는가

소녀의 기도

머언 먼 하늘 끝
종다리 멍든 가슴에
장미는 피면서 울기만 했더라오

저, 저리도 높은 태양太陽을랑
싸늘한 가슴에 안아만 보자

「아베·마리아 석상石像 아래서」
하늘은 사뭇 어둡기만 해

푸른 한줄기 별빛만이
지키는 창가
라이락 꽃잎은 흐느끼는데‥‥‥

오늘도 십자가十字架 앞에 놓아줄
흑장미黑薔薇가 둘
흐릿한 램프불 아래 흔들리우며
가는 손가락을 의지하고
금방

눈물이 쏟아지련
검은 눈방울을 외면外面하오

내일來日은 또
누가 죽어가는가
하염없이 흐르는 눈물은
검은 꽃잎에 지는데
하이얀 손수건이 이슬에
다 젖도록

「아뵈·마리아 이 외로운 혼을」

머언 먼 하늘 끝
종다리 멍든 가슴에
장미는 피면서
울기만 했더라오

그대의 허무虛無에서

얼음 위에 갈잎이 져
뼈아픈 소릴 치며
대지大地를 울었다

낙향落鄉하는 시인詩人의 울음 우는 가슴 속
멍들어진 눈물이라고
바위야 녹일 수 있으랴

아지랑이에 연녹색 파문波紋이 져
메아리에 진달래 꽃닢이 져도

아가
이 가슴이 매무어져
아우성 소리 들리랴 한다
— 석류石榴 속같이 심장心臟을 갈라놓고 —

오류汚流가 휘몰아온 들 끝에
거름 내음 풍기며 보리가 두세 꼬투리

까망새 울음으로 담벽을 싸ㅎ고
가슴 두다리며 홀로 통곡痛哭하던 고도孤島

녹쓰른 철창鐵窓을 열고라도
사랑도 눈물도 그대의 허무虛無에서 찾으랴 한다

새벽닭 울음소리도 멀어져 가고
불덩이 삼키고 그대의 허무虛無에서 살자 한다

듣는 이도 없는 노래

갈대밭을 지나
사막沙漠을 나서
신기루蜃氣樓 마냥 아쉽게만 보인 열기 띤 입술에
장미가 가슴을 앓아
시들은 화원花園으로
몸 가누지 못하고 쓰러져 바림은
기러기 목메이는 때여서랴

오다
가다
모이기만 하여 살아 갈랴
허기진 종족種族은 어디로……

— 죽어갔지만 때 묻지 말고 살아라 —
그래서 난
듣는 이도 없는 노래를
바다에다 부르고

숱한 울먹한 동자를

거리에다 버리고
등 뒤에다 두고
돌아서 걷기만 하여라
뛰어서 달리기만 하여라

생명生命

생명生命은 불이었네
태울 수도 없고
식힐 수도 없는

작열하는 공백空白의
몸부림을 먹고
떼살치게만 달려가는 곳

내일來日을 바래는
걸음 걸음
겨루어 재게 밀쳐가는 곳

낚구어 먹고 살아
핏빛을 보고 살아
눈발을 밟고 살아

구토嘔吐를 아끼고
내랍시네
하던 말머리

살아 살아
생명生命은
줄기찬 내뻗음이었네

보이고녀
들리고녀
쾌夬하는 눈빛

참眞하고
허虛는 정하다냐
유有는 무無한 거이 나랴

아름다운 속 빈 항아리
취醜한 건 백白으로
살아 살아

생명生命은 불이었네

마지막 하늘빛

모질스런 너
핏빛 낙서落書에 열중熱中한 나머지
나와 여기
병상病床에 함께 뉘이지 아니하냐

나에게
자유自由로운 한 팔이 있음에도
너의 밉살스런 몸꼴을
시달구지 않으마

눈초리마저 그리
시들하진 말아라

휘부연 햇살이 드리워진
창窓을 열어
너와 나를 싣고 굴러갈
대형大型 영구차靈柩車를 보지 않아도 좋다

시방 나의 가슴은

온통 타버리고 만 것이냐
재의 키스를 너에게
바칠 수 있으면 좋지 않느냐

하나 대답對答하여 주어 보렴
너와 나
어느 편이 승부勝負한 것인지를

지금 병상病床이 위치位置한 한 뼘 토지는
너의 영토領土도
나의 토지土地도 아니다

공간空間에 뿌려둔 시간時間은
피비린내 서렸으나
벽시계壁時計의 괘종이
몇 번이나 울었는지
우리 기억記憶하자
—생각하질랑 말고—

우러러보는 하늘빛

마지막 우러르는 하늘빛은

낙지落地하던 날의 바다 빛이다

너는 왜 자멸^{自滅}을

내가 낙지^{落地}한 땅에 그대가 살고
그대가 잃어버린 지역^{地域}에
내가 차마 나리라는
돌아서면 남이라는
쓸쓸한 땅이여

뺨을 얻어 갈기우고
낙엽^{落葉}을 주워 두각^{頭角}을 치지 않아도
눈물이 많은 사람은

미^美
추^醜
악^惡으로
내일^{來日}에 산다 하는가

태어난 죄^罪밖에 가진 것 없고
살고 싶은 미련^{未練}밖에
두고 갈 것 없는

이다지도 찢고 찢기운
삶 덩어리를
아 아 인간人間은 피 흘리는가

나를 앗아가고
너의 방향方向을 방해한 총銃부리
굶주림에 휘번득이는 칼날로

빵 한 덩어리 나누어 가질 것 없는 가슴에다
피는 왜 뿌리는 거냐

비슬거리며 달려간 어두운 구룽이에서
하늘을 바라다보고 울지라
너
죽음은 피보다 강彊함을 아느냐

송송구레 피맺힌 땀방울을 긁으며
너마저 질식窒息하여 잦아질 것을

길

내 가슴일랑
찢어
문명文明의 목마름에다
찾아다 주라

네온빛 찬연燦然한
거리
하늘
빛

모든 짓궂은 욕망慾望에도
찢어 바치라

끝없이 지쳐버린
한해, 한해
수
천년千年을

마냥 뒹굴어 버린 화폐貨幣에다

인프레된 핏방울들을
울 수는 없노라지만

피로疲勞한 발자국 소리
실향失鄕하는 포탄砲彈의 여음餘音에도
내 가슴일랑
팔 벌려 두라

휴식休息도 동면冬眠도 갖지 못한
침묵沈默

인간人間 탄생誕生 이후以後로
한결 다짐한
침묵沈默으로

단 하나
석연치 않은
아픔이 있을 뿐

가로수街路樹는

버림지운 이 거리에

피처럼 살거라

시간時間이 잦아

시간時間을 잃어버린

문명文明의 목마름에다

내 가슴일랑

찢어

바치라

언어^{言語}가 없는 민족^{民族}

손짓
발짓
몸짓으로

사랑과
눈물을
표현할 수 있다면

우린
언어^{言語}가 없는 민족^{民族}이어도 좋았다

노^怒하면 억세인 팔뚝을 뽑고
즐거우면 어깨춤 우즐기고
싫어하면 눈을 감고
사랑하면 뜨거웁게 포옹^{抱擁}하고

말하지 않으면 오히려 좋았다
말이 없으면 지위^{地位}가 없고
지위^{地位}가 없으면 아첨^{阿諂}하지 않으며

아첨阿諂하지 않으면 의심疑心하지 않아도 된다

의심疑心하지 않으면 미워하지 않고
미워하지 않으면 싸움하지 않고
싸움하지 않으면 피를 모르고

피 흘리지 않으면 잔인殘忍을 모르고
그러하면
공포恐怖를 갖지 않아서 좋다

우리
말하지 못하는 민족民族이어서
삶은 종교宗敎요
숭고崇高한 혼魂으로

사랑과
눈물을
표현表現할 수 있다면

우린

언어言語가 없는 민족民族이어도

오히려 좋았다

내 가슴에 돌을 던져라

신선神仙이
낡은 우물 곁을 지나는데
물긷다 물으니
「죽어보고 살렴」

뜨레박은 어쩌노
물에 들었는데
「줄을 달렴」

줄은 누가 달아주랴
수족手足조차 없는데
「우물은 깊었던가」

깊진 않지만
바닥이 없어
「그래도 난 파라질 않았는데」

목마르지 않아 그랬지만
목마르면 어쩌노
「…내 가슴에 돌을 던져라」

나목裸木

겨울

얼어붙은 강 머얼리
피맥처럼
맥류脈流되다 멎은
바람 부는 땅
먼데 둔 여름

하이얀 나선이
닻을 내리고
해설픈 바람을 불러다
뒷짐지고 고개 숙여 버린 노인老人네
흰 머리카락 가져다
나부끼라

새파랗게 노여운 별빛은
새벽닭 울 때 걷어둔 하늘에
선잠 깬 칭얼거림

물거품도 매말라 버린
강둑에
철 잃은 보오트가 매이고

돛 장대 위엔
온도溫度가 목메고 울었다

산山

모래톱에 통곡痛哭하다
문허저버린
못다 푼 곡조曲調엘랑
핏빛으로 엮으라

— 이 망할 놈의 개화開化가 —

피
피
피

이다지도 짙은
핏빛 강물은

가장자리 뚫어다
내 꼬누고
석상石像처럼 저다지도 외면外面할 무지無知는
천둥이 울고
무쇠가 녹아라고 다져라

― 영원永遠 불변不變의 독곡獨曲으로 ―

바위

키 높이 자란 절벽絶壁
분리分離된 종족種族이 있다기에
신神이
신神이
위치位置를 지키라기에

광표(狂飆)하지만 말라고
광란(狂亂)하지만 말자고
여기
앉았다

영원永遠한 비밀秘密로만

차라리
나는 말하지 않으마

해바라기 시들한 어깨로
지친 밤은 또 올 것을 알아
목매어 버린 시간時間의
자지러진 비명悲鳴을
여기 옛 들故園에다
세워 봄에도

누군가 커다랗게 울부짖고 멀어져간
피 울음을 들었느냐

충혈充血된 눈빛으로 몸부림치며
잔악殘惡한 동족同族의 살해殺害를 저지른
너희 무리여

보라
후예後裔 카인이여

너에게 남은 내일來日의 시간時間을

하늘이 가까워지나
별은 멀어져 가는
어두운 시간時間에
자멸自滅을 기도한 화산火山은
마침내 터지나
오히려
메마른 풀잎은 바람에 떨지 아니하였노라

차라리 나는
말하지 않으련다만

하나의 모래성城에 유留하는 종족種族으로
녹색 초원草原을 향向한 노스탈자로
너희
질식하여 간다 할진데

즈음하여

신神이 기억記憶하고 있을
거월去月의 에티케트는
너의 어느 부분部分에 필요必要할 거냐

먼 훗날
사람의 발자국 하나 남아 없을
황막荒漠한 사막沙漠엔

아름드리 돌기둥만이 폐허廢墟하여
천년千年을 바램에 묻어둔 보고寶庫도
영원永遠한 비밀秘密로만 묻혀지리라

사람들은 노래 부르기를

오호라 그대여
지금 어디로 가는가

타버린 재의 가슴은 묻노니
진실眞實로 그대는
슬프지 않는가

1
— 말을 할 줄 아는 그들보다 말을 잊은 인간人間이 —

영웅英雄이여
꿇어버린 무릎의 후회後悔마저
반성反省의 여지餘地를 잃은
너는 무어냐

너의 철鐵 같은 심장心臟도 의지意志를 꺾이우고
수만數萬 생명生命과 따르는 무리를
반성反省케 한 미녀美女의 속삭임은
숨길마저 경련痙攣케 한다

쏟아지는 화살을 뚫고

질풍疾風처럼 두려움 없이 휩쓸어 가던

너의 용맹勇猛도

어느 한낱

풀꽃이나 되었거던

지상地上에 영웅英雄은 존재存在할 수 있는가

태양太陽을 녹이려던 눈빛도

흐려지고

버럭 소래 지르나니

「가엾은 자者 그대는 영웅英雄이로다」

2

― 사랑을 위爲한 영웅英雄, 사랑을 따라간 영웅英雄의 연심戀心 ―

불꽃도 백만百萬의 창검槍劍도

녹일 수 없었던

철벽鐵壁을 허물어 버린 소행所行을

사랑이라 함인가

「약弱한 자者여 오히려 그대는 억세인 자者다」

그럴진데
사랑 앞에 약弱한 자者가 있을 수 없는 것이니

가려둔 장벽墻壁을 깨뜨리고
죽엄의 함정陷穽에도 달갑게 뛰어드는 모습을
뉘가 그를 약弱한 자者라 한단 말인가

3
— 아직 용맹勇猛을 간직한 영웅英雄이여 너의 초라한 여인은 들으
라 —

사랑은 생명生命보다 강强한 다음에야
사랑이라 하나니

「약弱한 자者의 이름은 영웅英雄이 아니다」

유혹誘惑에 끌려간 넋은
영광榮光보다 아픈 끝없는 진통鎭痛이라 하여

슬픈 사연을 애사哀史라 불러
후세後世의 무리가
어리석다 하길 꺼리나니

아 아 요녀妖女여 들으라
「영영 사랑을 모르고
오인誤認한 사명使命을 받아들인 천벌天罰을」

그러나
아니로다
그도 아니나니

꽃다움을 바쳐 꽃다움을 구求한
너희를 아름답다 할진덴

그리하여
노래 부르기를
「따라간 사랑도 유인한 사랑도
사랑은 아닐세」

그도 옳은가 하면
모를지니

그리하여 사람들은
노래 부르기를
「사랑은 아름다운 것」이라고만

문^門

― 잊어버린 몸뚱이를 이끌어 ―

1
몸부림 처지는 하늘 아래
암담한 가슴이 많아
유리가 하나도 성치 못한
쇠창살 사이로
숨이 가쁜 빌딩은 말을 잊었다

후예^{後裔} 카인이 삶 하는 도회^{都會}는
불붙어 가리라고
땀 흘리던 번적^{煩寂}도 깨쳐지고
짓눌린 폭음^{爆音}은 금시나 터질 듯 무거웁다

물구덩이에 빠져가며
흠뻑 물에 젖은 짐수레는
지금
누구가 끌고 있는가
어디로 가고 있는가

홀로 떨어진 어린 것아

너의 고
차거운 눈망울이 두렵다

2
— 최후_{最後}의 인적_{人迹}마저 끊어진 포도_{鋪道} 위에서 사방_{四方}으로
적_敵을 둔 너 —

따사로움은
누구의 계산_{計算}에다
인정_{人情}이라 이름하여
기록_{記錄}한 거냐

외마디 비명_{悲鳴} 소리는
가난한 이국_{異國}에서나 들리는가

네 주위
네 발밑에 머리 위에도

머리카락을 베어먹은 식인_{食人}들의

피 묻은 수인手印이 몸서리친다

질식窒息하여 버릴 듯
오탁汚濁한 내음새는
네 몸 내음샌가
너를 노리는 적敵의 눈빛인가

바람마저 끊어지고
먼지는 발밑에만 쌓였다

나무 그늘 빈약貧弱한 넓이에
네 가서 서라

정녕
꿈길에서는 아닐
들어둔 종鍾소리의
십자가十字架가 달린 종각鍾閣마저
보이질 않는구나

몸 둘 곳을 잃어 서글픈
네 눈빛을
애섧다 할 아무도 없는데

네가 갈 곳은 어디냐
지금 어디로
어디로 가려느냐

3
― 열려진 문^門을 보고도 달려가지 못하는 무리여 죽어버린 너
희를 네가 살아 왔드냐 ―

바람이 불고
빗줄기는 봉창^{封窓}에 몰아쳐 와
천둥이 하늘 땅을 한아름 껴안고
몸 떨며 부르짖을 때

모조리 흘러내리고
촛불은 오히려

마른 자리에
저마저 탄다

이파리가 아드득 경련痙攣하는
외마디 소리에
노목老木의 굵은 주름은
또 한 줄
거칠게 찢기우며 울지를 않느냐

파국破局이다
가야 하는 것이다
부서지고 집어삼키어도
가야만 하는 것이다

4
— 삶하고 죽어갈 수 있는 인간人間은 구求함을 받고 구求함을 도
와준 자者이나 묘지墓地와 함께 독립獨立한 양심良心을 내포內包한 피
울음은 —

저주詛呪로운 체온體溫이 남아난 몸둥이는
지칠 줄 모르나
거기 남아난 꼴 뵈기 싫은 고깃덩이는 무어란 말이냐

헐벗은 상념想念들이 바스라져 버린 언덕에
새소리는
누구를 위爲한 것이냐

불꽃의 씨앗을 담은 불안한 가슴은 타고
묏부리를 갉아먹고 자라온 연륜年輪의 너희

차라리 망울 짓고
분노忿怒에 아람 떨어 마돈나는
차디 차거운 입술로나
돌아오라

아담과 이브의 복숭아나무도
옷 입은 인간人間 앞엔 심어두지
않았거니

화석化石처럼 싸늘하니 굳어진 자세姿勢로
숱한 설구진 상처傷處에
아리고 쓰라린 아픔이나 갖으려나

얼마간은 극광極光이 비치나
눈이 어두워 바림에

억수 소나기 속을 길 잃은 방랑자의 무리는
천둥소리에 잠 깼으나 한 발자취도
옮겨 갈 수는 없다

인간人間을 찾아 인간人間이 잃어버리는
실지失地에
갈증에 뒤틀리는
몸꼴, 몸꼴들로
지친 눈망울이
끝없는 노스탈쟈로 향向한
문門이여

제2부 『하늘의 시』

하늘의 시詩

만고萬古에 변함없는 말을 가지고
하늘이 땅 위에다
시詩를 적는다

태양太陽으로 광명光明과 투시透視의 시詩를
월광月光과 별빛으로
아늑한 사랑과
반짝이는 희망의 시詩를
구름과 바람으로
변화變化와 창조創造의 시詩를 적고

우레와 번개로
경악驚愕할 분노忿怒의 시詩를 적으며
풍성豊盛한 흰 눈으로
평화로운 순결純潔의 시詩를
고즈넉한 봄비로
생명生命과 부활復活의
시詩를 적는다

그리고

언제나 아라한 그 높이로

초연超然과 숭고崇高의 시詩를

가이없는 그 폭幅으로

무한無限한 포용包容의 시詩를

억겁億劫 광음光陰으로

적고 적으며

영원永遠히 부족不足한

인간人間을

가르친다

소망所望

바라노니
내 한 자루의 촉랍燭蠟이기를
촉랍燭蠟같이 타버리는
존재이기를

읽어버린 책冊이나
꽃이 마른 나무같이
그렇게 인생人生이
다하고, 달리는 날

덮여진 책冊이나
앙상한 나무같이

무거운 영靈의 고전古典이나
흉兇하게 낡은 육肉의
그 어느 잔재殘在로도
그렇게 남지 말고

촛불로 타버린

한 자루의 밀랍蜜蠟인 양

삶을 그렇게

오롯이 다해

한낱 미련未練없이

소진燒盡한 바람이길

바위

눈이 내려도
꽃이 피어도
언제나 한 자리에 변함없이
앉아 있는 바위는

오직 그런 있음으로
뜻이 되었다

한결같은 침묵沈默과
견고堅固와
중후重厚로

불안不安한 세상의
반골反骨이 되어

비바람을 거역拒逆하듯
덩그렇게
버틴 형상刑象

별

몰락沒落한 왕녀王女의
우수憂愁의 강江에 빠진
찬란한 사파이어
다이아몬드의 빛

루비나 에메랄드
그런 것도
지천至賤이게 많던 추억追憶

마음

나에게 바람이 있는 것은
언제나 이룽이는
마음이 있는 까닭이다

구름이 있는 것은
자유自由와 방랑放浪
돌이 있는 것은
고집固執과 냉정冷情
낙엽落葉이 있는 것은
이별離別과 상실喪失이
내 마음에 있는 까닭이다

줄기찬 생의生意로 유유悠悠한
장강長江의 흐름을 알고
열심熱心한 밝음에의 기원祈願으로
한밤 중에 촛불을 현다

······삼라만상森羅萬象은 모두 나의
마음이다

그러나 저 드너른 우주宇宙를
낱낱이 모두 삶으로
표현表現할 수 없는 나에겐

언제이고 아스라한 하늘이
마냥 남아 있다

가이없는 사랑과
견줄 데 없는 고독孤獨
그런 맘들을 늘 무량無量한
침묵沈默으로 머금은……

난蘭

싱그러운 시절이라
묻어나게 파란 풀 틈에
호젓히 피어온 난蘭
한 송이

다부룩한 풀떨에 난
한낱 작은 꽃이라
초라한 정情을 느끼다가도
하늘빛을 닮은 청초한 꽃색엔
가만히 서리운 기품이 있어

단 불숯이 무색無色한 농홍濃紅 장미같이
이글이는 정열熱情의 뜨거움은 없어도
가얄픈 외양같이 시다잖든
못한 안즘
인종忍從의 열반에 난
얼의 빛을 연모戀慕해
파라한 난색蘭色에 인간을 밴
동방東方의 길

만족滿足

먹음직하게 익은
한 알의 사과
그걸 따서
어석 어석 씹어 삼켰는데도

이빨 자국 하나 안 난
싱그러운 사과가
내 뱃속의 과원果園에서
향그럽게 열리네

솔잎 한 개

겨울에도 얼지 않는
드너른 바다
바다보다 더 깊은
삶의 바다는

눈 속에서 푸르른
한 그루
소나무의

도탑고 뾰족한
그
솔잎 안의 파도波濤

플라토닉 러브

돌 옆에
낙엽落葉이 놓여 있다

바람이 불고……

낙엽은 또
돌 옆에 놓여 있다

기다림

그것은 남을 태울
불길 없음이다

다만 태워져서
숯이고픈 마음이다

해

달력이 빨간
일요일^{日曜日}의
아라비아 숫자^{數字}
3. 10. 17.

돌

사랑을 아니 하지
미워하지도 않지

종鐘

언제나 똑같은
음향으로서
선잠을 재우며
깨우기도 하는 종鐘은
시간時間의 비밀을
알고 있는
신神의 방울

때와 장소

「죄罪와 벌罰」의
성스런
매춘부
〈쏘냐〉

〈쏘냐〉란
매춘부의
성스러운
죄罪와 벌罰

단풍丹楓(1)

낙일落日을 잊게 하는
낙조落照의 광채光彩같이

고와서 잊히운
종말終末의 묵시默示

태우는 빛을 하고
죽어가는

환희, 환희歡喜여!

편지便紙

우리 집 아닌 데서
까치 울던 날

우리 집 아닌 데선
편지便紙 왔지요

무정無情

산山
산山 새
빨간 진달래

나그네
외 소롯길
떠가는 구름
돌 한 개
나 하나
개울물 소리……

강江

비는 만큼 늘 고이는
억척스런 샘의 물로
대지大地와 청사靑史에
구원久遠히 썬 내 이름은
부활復活의 모궁母宮이니
바람과 볕에 마른
사주砂洲의 모래
그러한 사람 있건
내게 와 젖고
그러한 역사歷史도
내 새암에 적셔라

나무

겨울을 얼지 않고
살아남기 위하여
나무는 가을에
잎을 모두 떼 버린다

소중所重하던 육신肉身의 일부一部마저
참아서 떼어 내고
어려운 시절時節에 대비對備하는
매섭게 검소儉素한 나무들은

그래선지
외양外樣의 장식裝飾까지를 중시重視하는
사람보다
오래 산다

울음

모든
무無로부터
존재存在하는 것

거기엔 탄생誕生의
울음이 있다

그리고 그 머리
진통陣痛이 있다

훈풍薰風이 라일락을
진통陣痛한 봄 언덕에

보랏빛 라일락은
보랏빛 울음이다

잊힐 사람

나는 잊힐 사람
잊히워서
아무 데도 없을 사람

나는 잊힐 사람
잊히워서
뉘에게도 없을 사람

나는 잊힐 사람
잊히워서
내 집에도 없을 사람

나는 잊힐 사람
잊히워서
나에게도 없을 사람

인연因緣

이 세상에 있는 만치
먼젓 세상을 비우고 와

저 세상에 있을 만치
이 세상도 비울 나는

그대가 있을 만치
날 비우고 있다가

내가 있을 만치
비어 있는
그대 만나고

헤어지면 또 그렇게
영이 돌며 만날 바람

오동월야梧桐月夜

휘영청 성그렇게
쏟아 부운 달빛에
국화菊花
가만히 젖고

지척咫尺인 양 아득한
어느 외진 골방에선
뀌뜨라미 한결
자즈러지게 울어

사람의 심금心琴을
괜시리 애절哀絶케 긁는
밤에

별빛에 끼룩 끼룩
길을 물으며
머나먼 길 떠나가는
기러기 떼는

남모를 밤에 떨어져서
수북이 쌓이는
뉘집 뒤란의
오동梧桐잎인가?

구만리九萬里 허공虛空을
너훌 너훌
버리고 가네

청靑도라지

녹음綠陰이 우짖은 산山
우거진 풀 사이에
수집은 양 가녀리 핀
도라지도 청靑도라지

자욱한 풀잎 틈에
묻힐 듯 난
작은 꽃이라
초라한 정情을 느끼다가도

청조히 하늘 자문
빛깔 가만 높 맑아

마냥 그리 조촐코도
기품氣品이 있는 사랑
정열貞烈을 살아 온
한국韓國의 여인女人

무희 舞姬

봄 언덕에 활짝 핀
복사보다 고웁게

휘황하게 조명照明된 무대舞臺 위에서
화사한 춤추며 사는 저 무희舞姬

장단의 신명으로 삶을 연기演技하는
그녠

저 어느 날 난데없는
하늬바람에
뚝 떨어져 땅에 폭삭
나뒹군 꽃잎
낙화落花 따라 그도 가는
나비같이 죽어져도

복이 있어 아! 헛거운 한 생
멋드러진 춤으로

찬란히 비운

오색^{五쯘}장단이 있어······

대설大雪

바다에 눈 내리네
바다에 내리는 눈

산 위에도 내리네
산 위에 내리는 눈

세상천지世上天地에 온통 내리네

온 세상천지世上天地에
자욱해 내리는 눈

내 머리 위에도
펄펄 내리네

단풍^{丹楓}(2)

질녘에 찬연^{燦然}한
태양^{太陽}의 낙조^{落照}같이
최후^{最後}를 눈부시게 아로새긴
단풍^{丹楓}이여!

한 생 동안 부지런히
안으로 지펴 온 불을

일시^{一時}에 밖으로 토^吐해 놓은 양

가을 산야^{山野}를 온통 붉게
태우는 너는

종장^{終章}을 한껏 장식^{裝飾}하듯
마냥 그렇게
바로 죽엄 앞의 숙연^{肅然}한 시간^{時間}을
재색^{灰色}의 시름 아닌
절정^{絶頂}의 환희^{歡喜}로 활활 살워
오직 후회^{後悔} 없고자

기원祈願한

열정熱情이랴

의성義城 고운사孤雲寺 대웅전大雄殿 용龍마루

옛적 그 인근隣近 산간山間
푸르묵은 깊은 소沼에
해와 달빛 닿지 않는
쏘 물밑에 엎드려서
화룡化龍의 때 기다리던
노사老蛇 한 마리

대망大望의 천둥 치고
큰비 내린 날
쏟아지는 빗발 타고
하늘로 오르던 길에

골이 깊어 세속世俗을 썩 벗어난
산중山中의 대찰大刹
고운사孤雲寺의 지붕 위를
지나가다가

수월찮이 깨끗고
점잖은 스님들의

그윽이 읊조리는
보리성菩提聲이
하도 청아淸雅해

슬쩍 고개 돌려
소리 나는 곳
법당法堂 안을 잠시暫時
엿본 게 그만

열반경涅槃經 외는 승僧의
무아경無我境에 든 표정表情
너무나도 환코 맑은 데에
넋을 앗기어

천년千年 꿈도 바람 분 듯
건듯 잊고서
대웅전大雄殿에 내려와
염불念佛이나 배울른데

성불成佛은 미물微物로서

과過한 욕심慾心이라

절 이끼 잔뜩 덮인

용龍마루가 되었나

연륜^{年輪}

잔설^{殘雪} 녹아
나목^{裸木}엔 움이 돋는다
그러나 잔설^{殘雪} 숲에
돌아오는 봄볕 있어
혹풍^{酷風}과 겨울도
사뭇 죽지 않는다

뭇 존재^{存在}와 시간^{時間}의
교직^{交織}인 자연^{自然}에서
배율^{背律}로 된 이 섭리^{攝理}는

인생^{人生}에서 성^聖스런
연륜^{年輪}이 된다

광야^{曠野}에서 소생^{蘇生}하는
그 어느 수혈^{樹血}보다
고난^{苦難}으로 다져지는
생명^{生命}의 빛이

연륜(年輪)

잔설(殘雪) 녹아
나목(裸木)엔 움이 돋는다
그러나 잔설(殘雪) 숲에
돌아오는 봄볕 있어
혹풍(酷風)과 겨울도
사뭇 죽지 않는다

뭇 존재(存在)와 시간(時間)의
교직(交織)인 자연(自然)에서
배율(背律)로 된 이 섭리(攝理)는

인생(人生)에서 성(聖)스런
연륜(年輪)이 된다

광야(曠野)에서 소생(蘇生)하는
그 어느 수혈(樹血)보다
고난(苦難)으로 다져지는
생명(生命)의 빛이

엄동嚴冬에도 얼지 않는
샘물처럼 솟아나

저 이른 봄
강江가의
버들눈 되는……

돌이 아닌 사람은

새는 날 줄 알아
돌이 아니다
꽃은 미소微笑 있어
돌이 아니고
매아미는 울 줄 알아
돌이 아니다

울고
웃고
노래를 부를 줄 알고
귀뚤이도 사랑할 줄
아는 사람은

길가의 조약돌만
아닌 것이 아니라
태산泰山의 바위도
뷔너스로 쪼는 정釘

정釘과 돌이 마주

부딪힐 때마다

무수無數히 튀는

불꽃이다

월곡月谷에서

— K에게 —

묻지 않고
홀로 찾아보기로 했오

허나, 아직 물도 설은
첨 와본 산마 초야初夜
달도 아니 오른
캄캄한 골에
「월」자「月」字 붙은 사연事緣을
알아보자니

우주선宇宙船을 탄 저
암스트롱 기분氣分은
됐소
그러다가 이윽고
무릎을 쳤소

낮에 오면서 본
산山의 말이오
아주 의좋은 산山의 화수회花樹會

나즉한 산떼들이
올망졸망 둘러앉아
묵나물 냄새나는
대혈代血 따위 얘길
두런두런 나누는데

귓속말만 아니면
모두 들릴 정도로
아주 가깝게 빙 둘러앉고

재떨이 놓게 가운데만
조금 비워 둔 여백餘白
고게 바로 접시만 한
달 모습을 한 것에

그러니 맹세코
암스트롱의 달은
아니고

아조 맹송할 적 이백李白의 달
고만한 터

내가 방房을 얻은 덴
그 한가운델 약간 비켜
계수桂樹나무 언덕 밑
바로 옥玉토끼네
옆엣 집이라

떡가루를 얻어 와서
벽壁을 바른
하얀 초가草家라오

1971. 1. 14

무제無題

눈이 오시는 날
나는 있을 것이다
나도 온종일
하얗게 내리면서

눈이 쌓인 날도
나는 있을 것이다
눈이 쌓인 곳에
나도 쌓여서

눈이 녹는 날도
나는 있을 것이다
눈물인 양 나도
거멓게 녹아져서

거먼 따에 녹아 스민
하얀 눈물이
또다시 눈이 되어
제 오실 그날에도

불면不眠

산山이나 강江이나
어디에나 다 비추고

삼밭이나 도라지밭
어디에나 쏟아져도

왼 밤 드새우는
소쩍이 울음엔 잠 못 든 달
오경五更 들머리에

새벽

이슥한 산사山寺의 후미진 뒤란
고즈넉이 별을 이던
불두화佛頭花 꽃잎에도

밤사이에 영롱玲瓏한
이슬이 맺히었소

등 너머 너멧마을
시주施主 다녀 와
곤困히 잠든 봄밤의
홍안紅顔 행자行者 스님

얼른 일어나시어서
목탁木鐸 치오

풍경화風景畵

세 사람이 그린
석 장
풍경화風景畵는
같은 것을 그렸어도
세 가지다

가의 그림
나의 그림
다의 그림

그걸 내가 감상鑑賞하면
여섯 가지다

미련 未練

돼지보다도
욕심 많은 사람이
그림의 꽃밭 하나
정성精誠스리 가꾼다

아무리 고와도
꽃 한 송이
꺾어 내 올 수 없고

가꾸는 그만큼 또
요사스리 멀어지는

그 꽃밭을 한사코
물 주면서
가꾼다
소망所望의 맨 밑바닥
그리움이란
심천深泉의 물

다 하도록
다 할 줄 모르면서
다 퍼 주고는

죽엄이 생명生命을
길러 버리면

못다한 한恨으로도
그 꽃밭의
이슬 되어
맺힐 만큼······

천국天國

다수결多數決이 삶을 지배支配하는
오늘날엔
지옥地獄의 시설施設이 천당天堂보다
호화판豪華版일 거라고
자신自信 있는 견해見解를 가진
사람이 있다

그 이유理由는
오늘날의 세상世上엔
선량善良한 사람보다
사악邪惡한 사람이 많고
그러한 사람이
잘 산다는 것이다

버어너드 쇼우를
읽었다고도 하고
번데기 장수를 하였다고도 하며
지금은 비어 홀 주인主人이란
이 사람과

나는 오늘 다방에서
우연偶然히 알아
그런 시껄렁한 얘기들을
들은 것인데

밤길을 혼자 걸어
귀가歸家하면서
이런 의문疑問을 가져보았다

「이 다음에 죽어서 지옥地獄엘 가더라도
자기己는 결코 슬퍼하지 않겠다」고
호언장담豪言壯談을 해 마지않는
그러한 친구親舊들이

도무지 「천국」이란 말은 또
무엇하러
못내 기억記憶해 마지않는 것일까?
하고……

현대現代

관념觀念이 실재實在를 삼켜 버리고
실재實在가 관념觀念을 통과해 버린
의식意識이 관능官能을 뭉개 버리고
관능官能이 의식을 관통貫通해 버린

강아지와 교향곡交響曲과 라이타와 마로니에

그래서 과거過去와 현재現在와 미래未來가 없는
영원永遠과 쥐구멍과 햇빛이 없는
맹물과 소금과 눈물이 없는

강아지와 교향곡과 라이타와 마로니에

그래도 여자와 비키니와 피임약과
남자와 그 위대偉大한 돌격병기突擊兵器와
성교性交와 매독梅毒과 임질의 시대時代
만국기萬國旗와 이즘과 아직은 연애가
전쟁戰爭과 평화平和와 미사일과 데모와
군표軍票와 갈보와 스코시 타임

원조援助와 감사感謝와 짬빵이 있는

산아제한産兒制限과 인구문제人口問題······

들끓는 세계世界와 들끓는 우리들의

결코 뿌리칠 수 없는 현실現實 속에서

이 시대時代의 마지막 양심良心

이 시대時代의 마지막 질서秩序

이 시대時代의 마지막 희망希望

로고스의 종말終末을 다행해하며

강아지와 교향곡과 라이타와 마로니에

분수噴水

분수를 보았네
열려 오는 푸른 하늘
마악 떠오르는 태양에 빗겨
쏴아 솟구치는 아침의 분수

그 물기둥을 나는 보았네

심연에서 터져 나온 부신 맑음과
늘 푸른 수목인 양 도타운 이웃으로
하늘을 대결한 생명의 생자生姿

그리로 삶을 여는
길을 보았네

분수 및 고인 물이 물줄기로 뿜어지듯
저 한낱 생生이 그렇게 오고
뿜어진 물줄기가 물기둥을 이루듯
한사코 뿌듯한 순환으로 지녀진
운명

그리로 성장하는
삶을 보았네

줄척 뿜겨 주르르 으렐 분수의
일순一循으로
창창한 윤회輪廻에 난 목숨의
작은 일말一沫
분무같이 흐트러질 잠간의 생은
물줄기의 끝에서 자잘게 부서져
분산하강粉散下降하는
물보레가 있어도
치술어, 치술어 좌절 없는 분수의
고즈넉히 뻗히어 선 물기둥같이

뭇 동작의 공간으론 삶을 베는
포오즈며
포오즈의 공간에선 삶이 되는
동작이
오롯이 한데 영근 생명의 승화昇華

그리로 영원이 된
삶을 보았지

형자形姿이듯 생동生動인 분수의 줄기
하냥 주울 곧게 하늘 고눈
절정으로
사뭇 형形에 닿도록 무궁한 움직임과
무릇 약동이도록 무한히 치달은
형形이

아아라히 창조하는
불멸의 기원

바람은 하마

온갖 노이로제가 낳은
병病든 사상思想들
이것은 자연自然이
인간人間에게 준 벌罰이다

황폐荒廢한 들에서 시든
한 포기 바요렛 같이
삭막索莫한 문명文明에 깨어진
순결純潔한 생명生命의 종鐘소리여!

모든 붕괴崩壞로부터 이는
회오리 바람은
하마
자욱한 연기煙氣같이
눈에 아린데

마냥 깊이 잠든
늙고 귀먹은 사랑의 신神을

그 탁한 울림으로
어찌 깨우려는가

한 겨우나기

열대수熱帶樹가 질원 겨울 찻집에
한 그루 소철蘇鐵인 양 뇌진
한복韓服의 가녀佳女

창사窓紗로 새어든 대낮 햇살이
탈도 없이 적막하면
손도 뜨음한 한가閑暇

분盆에 자란 화수류花樹類의 얇은 잎새가
화사하니 섧어 온 독신獨身
갓 서른을
석유石油 스토오브에 쬐고
기대 앉은
미망迷妄

개구리 울음

유창流暢한 건 의심스럽고
서툰 것도 한恨스럽다

아글아글
와글와글
뽀드드 짜드드
갸글갸글……

푸른 창천蒼天 훨훨 나는
새의 재주도 없고
얄밉도록 민첩한
다람주의 미태美態마저
복福 받지 못한 미물微物

짜브러진 몸뚱이에
툭 불거진 두 눈깔은
하릴없는 악동惡童들을
웃기게도 생겼지만

아글 아글
와글 와글
뽀드드 짜드드
갸글갸글……

울음도
비명悲鳴도
절규絶叫도 아닌 호소呼訴

호소呼訴라기에도
억눌린 육성肉聲
다물지만 못하는
생명生命의 열성熱聲들이

몇 천千일까?
몇 만萬일까?
어우러져
함성喊聲인 것을

비라도 오려는 날
홀로 듣고 있노라면

십년十年도 백년百年같이
꿰어가는 사람의
공든 염주念珠알이
하난 손에 잡히운다

밤차

인간人間의 욕망慾望을
아버지로 태어나

밤중에도 잠이 없이
질주疾走하는 밤의 철마鐵馬

거대巨大한 이마에
휘황輝煌한 안구眼球를 번쩍이며

대지大地를 누비며
지축地軸을 마구 흔들어도

레일을 벗어날 수 없는
그는 다람쥐
쳇바퀴 속의 노리개인
다람쥐

산山 속의 알밤 대신
부지런한 시지프스의

까칠하게 여윈

불면증不眠症을

터지도록 먹고

투덜거린다

신중愼重

장님은 걸을 적에
항시恒時 자기自己가 갈 길을
지팡이로 두드려 보고 걷는다

아무리 평탄平坦한 대로大路라 할지라도
암흑暗黑이 천지天地를 가린 그에겐
칠흑漆黑의 밤중이나 다를 바 없으므로

그리고
걸음마다 위태危殆로운 미궁迷宮인
그의 보행步行은

꽉 질린 가시넝쿨과
우글거리는 맹수猛獸들 속
다를 바 없으므로

그리고
걸음마다
위태危殆로운 미궁迷宮인
그의 보행步行은

꽉 질린 가시넝쿨과
우글거리는 맹수猛獸들 속
밀림密林을 뚫고 가는
탐험대探險隊나 개척자開拓者의 그것보다
미지未知의 밀림密林을 탐험探險하는
개척자開拓者의 그것보다
외려 어려움으로

다만 마음의 눈으로
태양太陽을 대신代身하고
자기自己의 영감靈感만을
유일唯一한 길잡이 삼아

캄캄한 세상을
한 발작씩
열심熱心히 더듬어 가는 그는

서투른 만치 신중愼重한
진지眞摯함을 알고 있다

종鍾지기의 변辯

마누라 바람 하나
피지 않고요
쥐꼬리만한 월급月給이나
제때에 나오믄요
정定해진 시간時間을
어김없이 지켜서

높도 낮도 아니한
늦도 빠르도
결코 아니한
언제나 맑고
고른 종鍾을
칠 수 있지요

선풍기扇風機

찌는 듯이 무더운 날
선풍기扇風機 앞에 앉아
감질나는 전동기電動機
바람을 쐬다

가슴으로 바람을
맞고 앉으면
등에 솟은 땀이
들지를 않아
돌아앉아
등에다 바람을 쐬면

가슴에서 또다시
땀방울이 맺힌다
다시 돌아앉으면
어느새 등에!

모로 앉아
바람을 받아 보아도

어느 한 편이 젖기는
매 한 가지

그래도 이리저리
몸을 돌려 가면서
앨써 땀을 들이어
보노라면

어느덧 선풍기扇風機는
내가 되어서
갑갑한 사지四枝로
무수無數한 회전回轉을 한다

묘지墓地

억세인 사나이의 팔이 있었던
여인女人의 잔허리에 산딸기 뿌리
지금 감기는
산딸기 뿌리

가여린 여인女人의 고운 볼이 있었던
사나이의 가슴팍을 불개미의 떼
지금 집을 짓는
불개미의 떼

집요執拗한 밤이슬이
거긴
내린다

훗날

훗날 나는
흙일 테요
흙이어서 풀
풀이어서 풀꽃일 테요

기왕이면
아주 고운 꽃이고 싶지마는
돌에도 관冠을 두는
인간人間 너울사
훌훌 벗고

해와
달과
바람 속에
그냥 피는 영광榮光이다가

철 가서 잎 지는 땐
씨 하나 떨궈 남는……

그 회귀廻歸가 원願이 되는

한 줌의

흙일 테요

침묵沈默

힘없이 떨어지는
가을 낙엽도
저 거대巨大한 균형均衡의
일부一部련마는

예기치 못한 병석에서
나는 말을 잊었네
심야深夜보다 적막寂寞한
고통 속에서
오! 그러나
나는 배우네

존재存在는 상존相存이며
그것은 균형均衡

고독 속에 말 없는 이를
이해理解하다니

깨어진 돌 보다도

슬픈 괴멸壞滅 속에서

도대체 무슨 말을

할 수 있단 말인가?

어느 날의 자화상自畵像

반나마 죽은 몸을
목발에 얹고 어둔 밤
빙판氷板이 진 골목길로
비장하게 외출外出을 하면

인적을 서둘러
침실에 쓸어 넣은 엄동한파嚴冬寒波가
무인지국의 황제마냥 진작부터
외롭게 높다

개들도 모두 주둥이가
돌처럼 얼었는지
행장이 야단스런 과객의 행차行次를
끝내 잠잠한 체 관심關心이 없다

행장이 유난히 눈에 띄는
불구不具의 목발 똑딱거리며
야단스러운 행차

고독孤獨

노모老母만이 옆에 계신

쓸쓸한 병상

아내가 다녀가서

외롭습니다

자식子息놈이 보고 가서

외롭습니다

병들어 객향客鄕에서 사는 것도

설웁소만

하늘이 높은 때엔

더욱 그렇습니다

아내

전쟁戰爭과 가난을
모두 이해하는 여인
날마다 조약돌을
닮아가는 표정에서
그만큼 단단해진
생활生活도 알지요만

담배라도 낮춰줬음
바랜 아빠가
밤마다 거나해서
돌아오는 귀로歸路에선
애기 젖을 빨리면서
울긴 하여도

된장찌개가 탈까 봐서
죽지도 못하는 여인

억새

바다 건너 나들이 간
아내를 기다리며

약속한 나래의
연습을 한다

자벌레의 몸짓으로
쭉짓힘을 다 하지만

하늘은 마냥 높고
푸른 거리다

학을 그리다가 늘
숨 가쁜 참새가 되어

피곤한 나래로
둥지에 돌아오면

외로운 보금자리도

늘 벌판이다

허허론 벌판에
둥지 치듯
어려운 세월

아직은 성기어
바람이 빠지는
둥지에서

서로가 윗새로 살아가는
우리가
시방 얻는 것은
억새뿐이다
억새 한 떨기이다

으뜸이 보고파서

으뜸이 보고프면
하늘 봅니다

아무렴야 한여름에
눈雪이야 오시겠소만

한번 들고 못 깰 꿈엔
사랑도 매화등이

으뜸이 보고파서
하늘 봅니다

1971. 9. 안동에서

죽엄을 바라보며

하나의 문^門을 바라보는 것입네다
바라뵈는 문으로 가고 있는 것입네다
부러 다가가도 열 수 있는 문이지만
달려가지 않아도 열려오는 문이기에
억천^{億千}의 생령들이
잊어버린 고리여!

노우트

죽엄은 우리에게 없지 못할 사건이다. 죽는다는 그것 만도 실로 큰 사건인데 죽었을 때 따르는 수속도 상당하다. 〈이 세상을 떠나는 수속〉, 〈저세상에 드는 수속〉, 〈흙에 묻는 수속〉이 다 없지 못할 수속이다. 이승은 복잡하고 그 복잡한 이승을 떠나는 일도 복잡하다. 이리 번거로우니 거기에도 무엇이 꼭 있을 듯하다. 헤어지고 만나고 울고 웃는 일이 또 있을 듯하여지는 것이다.

제3부 1963년 수고본

소녀의 消像

不應하는 微笑가 있다
파꽃같은 表情이 있다

瞳子가 비취는 맑안호수
장미빛 빰의 숨표이 있다

그녀의 얼굴에는
季節이 일그러진 그늘을
심으지 못하고
太陽도 주름살을
읽으지 못한다.

오오. 천사의 뜻思로
움직여진 루벤스의
손가락이여

久遠한 소녀의
消像을 본다.

소녀의 초상^{消像}

불변^{不變}하는 미소^{微笑}가 있다
과꽃 같은 표정^{表情}이 있다

동자가 비취는 맑안 호수
장미빛 뺨의 기적^{奇蹟}이 있다

그니의 얼굴에는
계절^{季節}이 일그러진 그늘을
심으지 못하고
태양^{太陽}도 주름살을
얽으지 못한다

오 오, 천사의 의사^{意思}로
움직여진 루벤스의
손가락이여
구원^{久遠}한 소녀의
초상^{消像}을 본다

소라

소라의 피부皮膚는

해조음의 L·P반盤

해녀는 오늘도 소라를 주워

세월歲月의 의지意志를 배우다

항아리 소묘素描

도자陶磁골 산녀山女가
영嶺 너머 마을로 시집가는 날
벙어리 흙손이는
동구 밖 토막土幕에서 밤새워
산녀山女의 모습을
빚었드란다
그려도 곱기만한 산녀山女의 모습은
빚어도 빚어도 되지를 않아
지겨운 밤새고 토막土幕 안에는
항아리를 꼭 껴안은
더벅머리 흙손이가
싸늘히 굳어져 있었드란다

항아리 object

요원遙遠한 나락에 우러른
체온體溫이 없는 여인女人의 유방乳房;
푸라토닉 러브

파 – 잎

파잎은 연기
연기를 뿜으면
연기는 안개
안개는 포근한 커 – 튼
나를 감싼다

파잎의 곡선曲線은
망각忘却의 의미意味
연기를 피며
망각忘却을 피며
〈아이 러브 파잎〉

굴렁쇠

시간^{時間}은 무쇠 굴렁쇠
생활은 홀라 후-프

중앙선 제209호
도로보수 공사장

지나가던 노인^{老人}은
씨익 웃으며
내 이마에나 베인
땀방울을 본다

고무신 바닥에 곰방대를 털며
〈젊은인 아직 멀었네〉

오 오 서툰 나의
홀라 후-프 여

달밤

조약돌과 별의 공간空間에서
시인詩人을 학살虐殺하는
오펠리우스의 하프

홈시크 추억追憶이
그리움이 있는 지상地上은
너무도 너무도
가난하다

거절하며 사는 마음

황망한 구름이
별을 보내고 있을 것입니다
창문을 열면

언 땅 위에 끌리는 신발소리
단단한 돌의 부딪는 소리
덜그럭거리는 가슴 안에
야모지게 겨울을 심어주는
영원히 철없는 바람소리

창문을 열면
별은 깜빡이며 깜빡이며
울고 있을 것입니다

울면서 눈물 없는
별의 설움이
거절하며 살아가는
마음입니다

유성流星의 묘지墓地

별과 별 사이 까아만 바다
무후無垢한 거리에 유성流星이 간다

유성流星은 포탄砲彈처럼 슬어져 간다
하 많은 세월歲月은 유성의 낙엽

유성流星이 가는 곳에 나도 간다
고요히 설움이 바래지는 날

사랑이 벌레처럼 울다간 자리ㄴ
꽃닢처럼 엷어 머-ㄴ
유성流星의 묘지墓地

반어反語

당신이 노래를 짓는
강江물이 내겐 짓궂고
갈대숲을 태우는 저 황혼黃昏의
신비神祕는 놀라움을 넘어
내겐 경악입니다

포근한 밤이 나를 감쌀 때
당신의 놀라움을 두려워하는 것은
나의 하늘
그래, 별은 반짝이고······

한 조각 검은 구름 위에
갈망하는 꽃닢의 지상地上은
있습니다

소네트

그니의 입술은 피 묻은 장미
내 혼은 발이 없는 흡혈귀

그니의 빛나는 손가락은
가슴을 꿰뚫고
머리카락 끝에도 괴롭나니

허락 없는 지역은 쓸쓸한 땅
서녘 달도
나뭇가지 끝에 외롭나니

달 아래 집시의
노래를 듣노라

지루해서 무덤 너머에 바라보다

눈이 없는 장님의 태양은
지루해서 무덤 너머에 빛나는 것

그의 눈은 육체肉體보다 먼저 돌아가서
머리카락 사이 사이 단단한
두개골을 뚫는 위대한 뿌리
뼈와 머리카락을 녹이는
지질 속의 유황액液 속에서
오히려 되살아나 생동하는 것

이제 나는 눈을 잃었나니
고목의 내공內空에 굼벙이와
탄광과 바다 사이 태아胎兒를
마련하는 여인과
종교宗敎와 좀의 똥 부스러기 위에 일어서는
굼벙이의 혈관血管 사이
무심無心한 흙 알 한 줌을 쥐어 보네

오 오 높이 솟은 굴뚝이며 나를 에워싼

먼지며 소음이며
나는 내 의복依服에 대對하여 얼마나
건방지고 오만불손한가
태아胎兒에게 금속을 만져보게 한
내 피에 대하여 스스로를 용서하나니
꽃은 시들고 태양太陽은 건조하니
지루해서 무덤 너머에 바라보네

강江가에서의 항의抗議

말라버린 강江가
뱃사공은 늙었다
퇴색한 나룻배에 쇠사슬을 달아놓고
다시 강江물이 불어왔을 때
그는 죽었다

나는 그 사공의 아들일지 모른다
이제 다시 물결이 밀려드는 날에
목선木船은 낡아서 산산이 부서지고
거기 녹슬은 쇠사슬만이 남을 것이다.
아무것도 없는
뼈를 에이도록 쓸쓸한 곳을 찾아와서
다만 마른 갈꽃이 바람에 날리는 것을
〈폐허〉라고 할 자격自格이 나에겐 없다
아무에게도 없다.

지금 나의 바지 주머니 안엔
〈귀여운 괴물怪物〉에게 라고 쓴
연서戀書 한 장이 들어 있다

모두 그렇게 쓴다
머리 검은 내 친구들은

〈애인愛人〉이란 말 대신代身에
〈백조白鳥〉라는 〈태양太陽〉이라는 말이
쓰여진 때도 있었다
밀려난 조개껍질 속에
곰곰드리 피어나는
물 때인지 낙엽의 혼적인지 모를
버섯꽃; 아

길 가다 흘려버린 머리카락 한 올이
불현듯 되살아나 달려들 것이며
그래서 죄짓지 말라던 할머니의
이야기가 그렇듯이
멀고 아득한 곳에서 나를 괴롭힌다

이제 낡아진 목선木船의 판자板子 쪽에다
그 사공의 아들은

숯이나 크레파스로 이렇게 쓸 것이다
—이 지상의 아무 데도 허약한 화석化石의
묘비墓碑를 심으지 마라—

쇠사슬마저 산화酸化되어 없어지고
흔적痕迹 없는 그 자리에 새로 나뭇가지가 돋아나면
오늘의 새는 그 나뭇가지에 돌아가서
〈조상祖上이 없다〉고 말할 것이다
시간時間은 무쇠 굴렁쇠
생활生活은 홀라 후—프

돌무덤의 노래
— c국민학교 교정에서 —

소녀야
부서진 돛 조각 얹고
한자리 돌아간 시간時間의 무닛결도
고요히 멎은 정오正午
네 감아 빗어 윤潤기 자르르 내리는
흑발黑髮이 살아가는 무덤의 돌문
소리 없이 열림을

지금
내가 이렇게 바라다보고 섰을 뿐인
지점에사
예사로운 낙엽은 하나도 없어
돌 그늘 속엔 소리 없이 끼치는
무거운 벌레의 울음뿐이다

네 앞가슴에 동그랗게 유방이
피어날 무렵이면
네 좋은 사내는 가슴에 엉성한
갈비뼈를 지레 안고

달맞이꽃이 시드는 설운 네 오솔길로는 내려 올 거라……

노을아 저물기를 기다려
어둠이 별빛을 심고 내려오는
언덕길에서 그 사내는
지금, 철조망鐵條網 너머에 리야카를 세우고
네 뛰노는 모습을 지켜보는
회灰실이 아저씨와 흡사 닮았다

소녀야
지금은 장미빛 뺨이 살아질 무렵부터
포근하고 그립기만한 어머니의
곱기만한
녹슬은 목소리가 꽃밭에 뉘여질
영광의 시간이다
이 세상 미움의 바다 물결
사르르 풀어져 내리는 미풍微風에
하얗게 웃는 네 입모습이 이루는
돌 무덤가 이슬이 마른 자리에

우리 모두 이렇게 달려와서
오늘도 좋은 햇살의 바닷날로
네 입힐 고운 베布를
짜는 것이다
하늘이 숨은 꽃닢 속에 밝음을
토ㅎ고 있는 볕 여린 새 아침의
고요로만
오래도록 지켜질 하오는

겨울의 노래 1

— 과목果木 —

연을 날리다가 문득
강둑이 얼어 갈라진 데를
고무신 코로 뭉기며
양말 벗은 발가락을
꼬무락거려보는
소년의 새까만 손가락이
당신의 젖꼭지에 와 닿을 때

아가씨는
빈 바구닐 들고
내게로 걸어와도 좋다

심장心臟으로 하이얀 까마귀의
깃털을 토吐해 올리는
상산 탱자나무 가지 사이로
터질 듯 무르익은 과실果實의 무게는
이미 보이지 않는다
다만 그때 사진을 찍어간
어느 이국인異國人 병사兵士처럼

혈색血色이 좋은 아가씨가
바람이 부는 저 언덕길로는
올라오고 있을 것이다
탐스런 식욕을 감당하며

겨울의 노래 2
— 꽃의 〈아멘〉 —

모든 것에 반역反逆하고
이제 슬픔에 마저 반역한
사람들
밀회密會— 그것은 광대한 사막이란
역사 중의 그것도 바스러지고야 말
모래알 한 개의 작은 그늘에서
이루어지는 것일지라도
입김은 얼고 〈그들이 내뿜는—〉
해후는 길에서 〈걷다가 돌아설—〉
별은 없고 〈유리창엔 눈이 쌓이는데—〉

흘러간 시간時間을 지켜보는
인종忍從— 그것은
흙탕물이 고이는 내 쾌감의 메모MEMO 난에
얼어 문드러진 발가락이 섰던 자리

가슴으로 열리는 서투른 회화
그게 강렬한 꽃닢을 뭉기고
벼랑은 —고 새하얀 목덜미를

한 바퀴 돌아간 진주알
낱낱이에서도 들여다보던 것인데
—언제이고 그것은 꽃

뭇 죽엄이 성에漸*마냥 지나간
암실暗室의 작은 유리창에
얼굴을 대고 그들이 서로
〈네가 먼저〉라고 할 시간時間이
돌아오리라

그러나 그들 모든 사람들과도
헤어져서
참꽃은 기도를 마친다
이제 〈아멘〉이라고

다시금 미더운 마음으로

침묵의 의지로 하여 응락하고 흘러준
땅 위의 모든 영광, 풍성豊盛한 저 가을의 들판이며
청아淸雅한 하늘이며
유유悠悠한 강물처럼
돌아온 오늘 위해 내일來日 있으리

이웃의 통곡痛哭 앞을 멀리 지나
무덤있는 사랑을 찾아갈 때
돌아오리 육신肉身의 고독은 빛을 잃으리
오래도록 자유自由에의 길에서

다만 기억記憶을 접어두리
소리개가 맴도는 전장戰場에서
절름거리며 돌아온 친구여
전설傳說 위에 있으리

살이 깨어남을 스스로 알아
포옹抱擁의 의미意味를 밝힐 때만
의멸意滅의 숲에 누워, 또는

쇠창살이 숨어있는 어둠을 향(向)하여

피어나라 네 자유(自由)여

다시금 미더운 이음으로

부 록

동인활동과 문학생활

『맥향』의 편집자로부터 「동인활동과 문학생활」에 대한 소견을 한 마디 써 달라는 과분한 부탁을 받았다.

그러나 평소에 이 방향의 지론을 지닌 것도 아닌 나는 그래도 선배된 의무감이 수월찮게 작용을 해서 막연히 원고지를 앞에 놓고 앉았다. 그런데 첫머리에 떠오른 생각이 좀 엉뚱하다.

저 유명한 세계적 시인 라이너 마리아 릴케의 서한문집 『문학을 지망하는 청년에게』란 책에서 읽은 것으로 기억되는 이러한 구절이다.

"아무도 그대에게 조언이나 도움을 줄 수는 없습니다. 아무도 그렇게 할 수는 없습니다. 다만 한 가지의 방법밖에는 없습니다. 그대 자신 속으로 들어가 보십시오. 그대에게 쓰라고 명하는 근거를 확인하십시오. 그대의 마음 바닥에 그 근거의 뿌리가 뻗어 있는지 어떤지를 확인하십시오. 쓰지 못할 바에야 차라리 죽는 것이 나은지 어떤지 자기가 마음에 물어보십시오."

주어진 명제와는 아무래도 거리가 멀 것 같은 릴케의 이 말이 왜 나의 뇌리에 떠오른 것일까?

문학은 한마디로 고독한 길이다. 후미진 산속의 호젓한 오솔길을 홀로이 걸어가는 나그네처럼 보이지 않는 인간의 내면세계를 무한히 추구하는 작업인 것이다. 누구의 조언이나 도움을 받을 수도 없는 자기의 문제를 생에서 우주에서 발견하는 일이며, 확인하는 일로서 이렇게 고달프고 외로운 형국의 길을 필생을 통해 추원하는 일이 바로 문학을 선택한다는 일인 것이다. 따라서 문학을 하는 사람은 그 어느 분야를 택한 사람보다도 치열하고, 비장하리만큼 철저한 자세가 되어 있어야 할 것이다.

나는 그 어떤 모임의 동인이나 클럽활동 이전에 어려운 문학의 길을 걷기로 한 한 사람의 문학도로서 자신의 자세 확립이 되어 있는가 하는 문제, 제 홀로 고독하게 할 수밖에 없는 문학의 본질 추구에 얼마나 성실히 임하고 있는가 하는 문제가 보다 미리 검토되어야 한다고 생각한다. 이러한 자기 검토가 보다 우선되어야 하는 이유는 첫째론 위에서도 말한 바 문학의 지난성이요. 둘째는 문학이 그 어느 분야보다 독자성이 중시되는 점이며, 셋째는 클럽활동이 회원의 자질향상에 간접적이고도 2차적으로 이바지할 수밖에 없는 필연적 특수성이다. 이를테면, 매일 새벽 5시에 모여서 한 시간씩 공을 차기로 한 축구회의 동호인들처럼 같이 어울려 공을 차는 가운데 기술과 체력향상을 기할 수 있는 동시성과 직접성을 문학동인의 모임에선 기대

할 수 없단 말이다. 그러나 그렇다고 해서 문학동호인 모임의 가치성을 부정하거나 이점을 부인하는 뜻은 아니다.

모임을 통한 문학적 토론, 작품의 품평회, 전시회나 발표회, 그리고 회지발간 등을 통해서 회원 상호 간에 의욕을 자극 고무시키고 시야와 작품발표의 기회를 넓히는 이점이 있고, 그 누구보다도 고독한 트레이닝의 운명을 지닌 사람들끼리 모여 대화의 기회를 마련함으로써 이해와 친목을 두텁게 함으로써 정신적 긴장과 소외감을 해소시킬 수도 있을 것이다.

특히나 우리 한국의 문단사는 동인사 내지는 동인활동사란 역사적 사실을 상기해 볼 때 이 땅에서 동인활동의 중요성은 더욱 커진다.

그러나 동인활동과 문학생활의 관련 관계는 보다 근본적이고 자연적인 데서 중요성을 찾아볼 수 있는 것이 아닌가 한다. 이를테면 학교에서 5학년 2반 담임 선생인 김 아무개 선생님은 가정에서는 김철수의 아버지인 것과 같은 그러한 관계에서ㅡ.

집에서 훌륭한 아버지인 김 선생은 학교에서도 훌륭한 선생님일 수 있을 것이고, 또 이와 반대의 경우일 수도 있을 것이다.

1974.7.1.

『별밤에』 서문序文

한하운(韓何雲)

신승박申勝博 군君의 시집詩集 『별밤에』 상재上梓됨을 갈채喝采해 마지않는다.

작년래昨年來 유상무상有象無象의 시집詩集의 간행刊行이 성행盛行되고 있는데 약관若冠 십팔세十八歲 소년少年 신군申君의 시집詩集 『별밤에』는 이채異彩롭고 천질적天質的인 시재詩才가 섬광閃光되어 있다.

시작詩作을 한다는 것은 지난至難한 일임에도 약관若冠의 소년少年으로서 극복克服한다는 것은 그의 진지眞摯한 문학태도文學態度에서 결정結晶된 것이라 하겠으며 또한 우리 시단詩壇의 전통적傳統的인 음률韻律을 이 시집詩集에서 재확再確할 수 있고 그의 〈리리시즘〉은 우리 풍토風土와 눈물과 슬픔을 솜씨 좋게 노래 부르고 있다.

이 시집詩集에서 주목注目해야 하며 높이 평가評價해야 할 것은 시어詩語의 독창성獨創性이라 하겠다. 우리는 일찍이 소월素月 선생先生님이 이 분야分野를 개척開拓하였고 이제 현現 시단詩壇의 어느 시인詩人도 시도試圖하기 어려운 시어詩語를 신승박申勝博 군君은 자기自己의 영혼靈魂으로 동화同化했으며 그 조탁彫琢하는 적극적積極的 가치價値는 아름다운 세계世界의 창조創造이며 또 떠오르는 내일來日의 태양太陽 빛이 될 것을 믿어 의심疑心치 않는다.

우리는 이 시인詩人의 탄생誕生이 조산早産이라도 조열早熟을 익혀 완벽完璧으로 갈 때 이 시단詩壇에 열석列席함을 인색할 것도 없을 뿐더러 오히려 축복祝福해 마지않는다.

1961. 8. 20.

서울 明洞에서

『별밤에』 후기

혈족을 갖지 못한 외톨입니다.

감방과 번호표가 없는 수인입니다.

구태여 나의 세계를 구분 지어 보라면 피와 삶이 교차되는 생명의 불만과 외로움에 짓눌린 적막한 순간의 눈물로나마 진정한 아름다움을 표현하려는 목이 없는 비너스의 세계라고나 할까요.

그러나 이 두 세계의 어느 편에도 대립할 수는 없습니다.

어느 세계나 한결 헛된 시간을 가져도 좋다고 용서될 가능성은 없는 것이니까요.

마음껏 울 수조차 없는 수인의 도사린 절망과 미쳐버릴 것만 같은 순간에 수인이 기억하고 있는 고운 눈망울과 따사롭고 고운 손길이 어쩌면 나의 독백이고 나의 시라고 고백할 수 있는 대담성이 있습니다.

외적 존재 가치를 내적 존재의 이상으로 하는 많은 사람은 피 내음에 익숙하지 못한 외톨을 돌아보아도 암담할 뿐인 흙창 속에 감금하였습니다.

그러나 피와 삶의 공간에서 빛을 향한 나의 답변은 지금의 위치 흙창 속이나 침범당하지 않을 나의 세계를 위하여 한결 위치의 변경을 거부하는 것입니다.

황무지에 내몰린 종족이 대도회를 건설하듯이 이제 넓은 황무지에 조그만 씨앗을 하나 던지기 시작해야겠습니다.

끝으로나마 외톨을 아껴 주시고 첫 씨앗을 뿌림 하는데 잡초를 제거하여 주시고 땅을 일구어 주시기에 노고를 아끼시지 않은 무하문화사의 한하운 선생님과 나의 학교 오비 형에게 뜨거운 감사를 드리는 바입니다.

1961년 8월

저자 씀

『하늘의 시』 발문^{跋文}

　우리의 향토 시인 신승박 선생이 우리 곁을 떠난지도 올해로 어언 20년이 되었습니다.

　시인은 청소년기인 고등학교 시절에 이미 천재적인 문재를 나타내어 처녀시집 『별밤에』를 상재, 당시 한국문단으로부터 '한국시에 향토적인 서정성을 회복한 제2의 소월'이라는 평가와 함께 비상한 관심을 불러일으킨 바 있습니다. 아울러 시인은 예로부터 추로지향^{鄒魯之鄕}으로 일컬어져 온 이곳 안동 땅이 해방 이후 5, 60년대를 거치면서 일시 문화적 침체에 빠져 있음을 안타깝게 생각, 29세를 일기로 요절하기까지 오로지 향토를 지키면서 안동의 문화 발전에 헌신을 다하셨습니다.

　특히 꿈 많고 감수성이 한창 풍부한 중·고등학교 청소년들로 결성된 '맥향동인회'를 지도하심으로써 그들이 자라나 오늘의 문학 안동의 주역들이 되게 했으며, 그 외에도 '글밭동인회'와

'안동문학회' 회원으로 안동이 문향으로서의 전통을 이어 오늘에 이르게 하는 데 진력을 다한 우리의 시인이십니다.

안타깝게도 시인은 평소의 지병으로 말미암아 오랜 투병생활을 하면서 향토를 지키느라 그의 천재적인 시 세계를 마음껏 널리 꽃피워 보지 못한 채 29세를 일기로 우리 곁을 떠나셨습니다. 그러나 시인은 병상의 마지막 순간까지 붓을 놓지 않았으며, 그가 남긴 유작을 생존해 계시는 고령의 어머님께서 베개 속에 고이 간직해 오시다가 사후 20년 만에 비로소 제막하게 된 '고 신승박시비' 건립에 맞추어 신승박 시인의 시 세계를 사랑하는 사람들에 의해 『하늘의 詩』란 제목으로 세상에 드러나게 된 것입니다. 살아있는 사람들이 게을러서 진작 기념사업을 펴지 못하다가 이제서야 작은 돌 하나에 그의 시를 새기고 작은 종이에 그의 주옥같은 시를 담아 고인의 뜻을 기리게 되었습니다. 모쪼록 이로써 고 신승박 시인의 작품 세계가 사후 20년 만에 재평가되어 한국문학사와 함께 그의 시 정신이 살아있게 되기를 간절히 소망하는 바입니다.

특히 시비의 비문을 휘필해 주신 평보 서희환 교수님과 표지화를 그려주신 아랑 이호신 선생님께 심심한 사의를 표하오며 고인의 시비와 시집이 완성되기까지 물심 간에 협조해주신 모든 분들께 깊이 감사드립니다.

1993년 10월 23일

고 신승박시비 제막일에

신승박 시인의 시세계를 사랑하는 사람 일동

영호루, 신승박 시인의 시비를 찾아가다

1. 길을 나설 것도 없는 길

안동의 현대문학을 이야기할 때 빼놓을 수 없는 또 한 사람, 신승박 시인을 찾아나서는 일은 일도 아니다. 안동 신시장 일대와 시장 건너편 옛 안동여고 자리(이후 영호초등학교가 있다가 옥동으로 옮겨감) 부근이 그의 생전 터전으로 알려져 있기 때문이다. 차를 타고 이동하면서 고인에 대해 생각할 수 있는 여유가 있던 길 나서기와는 아주 다르게 따로 떠오르는 생각이 없다. 공간 이동이 짧아 생각할 시간이 거의 없다는 편이 맞는 이번 길은 길이랄 것도 없다는 생각마저 든다. 이때 길이랄 것도 없는 길이란 안동 시내에서 벗어날 일이 없다는 말이다. 그러나 너무

짧은 생애와 부인과 아들이 한국에 없다는 이야기를 꺼내 드는 순간 역시 어려운 길이 아닐 수 없다.

길 위에서 떠오르는 단상과 지나는 길마다 새로운 물상이 막연한대로 던져주는 생각이 얼마나 소중한 것인가를 알 수 있게 해준다. 빼곡히 상점이 줄 서 있고 그 가게의 간판이 어떤 기준도 없이 무작위로 서 있는 길을 지나는 건 어설프고 복잡한 우리 삶을 닮았다. 사람이 걸을 수 있는 인도가 있더라도 굳이 걷고 싶은 마음이 들지 않는 길이다. 자동차가 씽씽 달리는 소음의 문제보다 시각적인 문제가 더욱 직접적이다. 가게마다 그 개성 없고 멋없는 겉모습하며 행인을 배려 않는 소음에 가까운 음악 소리는 자동차 소리보다 더 불편하다. 대로보다는 좁은 골목 안 가게가 소박한대로 정겹다.

부인, 아들과 생이별을 한 그가 남겨놓은 시에는 아들과 부인이 보고 싶은 마음이 가득하다. 그리움도 깊으면 병이 된다는데 몸의 병에다 마음의 병까지 얹어졌을 시인을 생각하니 걷는 길이 아예 아련해지고 만다. 독일 베를린에 가 있는 아들이 보고프면 하늘을 쳐다보고, 아내와의 만남을 기다리지만 그 시간은 너무 길고 멀기만 했던 것이다. 신승박 시인과 부인의 절절한 이별과 그간에 나누었을 말이야 어찌 짐작할까만 어쨌든 시인에게는 어떤 충격보다 심각한 사건이 되었을 것이다.

우리 문학사에서 천재 소리를 듣는 작가들 가운데 서른을 넘기지 못하고 요절한 사람이 많다. 당시는 시대의 우울이라 부를 시대적 상황이 민감한 심성을 지닌 사람을 근원적으로 세상과

단절시켰다. 1960년대 전후, 경제적으로도 끼니 해결이 급했던 시절이니, 제대로 먹지 못해 몸이 아파 죽음에까지 이르기도 했다. 언제나 가난과 질병은 함께 있는 것인데, 국가 자체가 가난하기 짝이 없던 시대, 사람들을 제대로 도울 수 있는 시절이 아니었다. 몸과 마음은 수고로운데 먹는 일이 시원치 않았던 시대의 사람들과 그런 풍경 안에 신승박 시인도 있었지 않았을까. 영호루 경내에 낙동강을 지켜보며 서 있는 시비와 신시장 일대와 옛 안동여고 사택 주변을 돌아보며 1960~70년대 안동을 빛나게 만들었을 시인을 찾아나선다.

2. 영호루에 있는 시비를 찾아서

신승박 시인의 흔적을 찾아 떠나는 길에서 가장 먼저 들린 곳은 영호루에 있는 시인의 시비이다. 당시, '글밭' 동인으로 활동하다 돌아가셨고, 이를 늘 아쉬워하던 동인들이 20여 년이 지난 1993년에 낙동강이 흐르는 언덕에다 시비를 세웠다. 들은 바에 따르면 고 임병호 시인이 앞서서 신승박 시인의 시비 건립을 위해 일을 했다고 한다. 그때 추억과 동정은 글밭 문학동인 홈페이지에 몇 장의 사진과 함께 정리가 되어 있다(현재 홈페이지는 닫혀 있음). 시비 세울 자리를 정하지 못해 이곳저곳을 두드리다, 결국 영호루의 공터에다 세우기로 했다고 한다.

지금의 영호루는 밤이 되면 조명이 들어와 건물의 실루엣이

흰하게 드러나 자태가 우아하다. 이곳은 낙동강 다리와 도로를 따라 켜진 가로등 불빛과 어울려 밤 풍경이 아름다운 곳이 되었다. 또 무더운 여름날 영호루 마루에 앉으면 시원한 강물과 주변 숲의 바람과 그늘은 더위를 식혀주기에 넉넉한 품새를 지니고 있다. 옛 선비들이 시를 읊고 술잔을 기울인 자리인 만큼 풍취가 남다른 곳이다. 아마도 '글밭' 동인들은 이런 주변 풍경을 감안해서 시비를 세웠을 것이다. 영호루로 오르기 전 넓은 공터에서 강변 쪽으로 그리 높지도 않고 그렇다고 왜소해 보이지도 않는 시비가 바로 신승박 시인을 기리며 서 있다.

요절하는 바람에 더욱 알려지기 힘들었던 시인, 1960년대부터 안동문단에 드나들던 사람이 아니라면 신승박 시인을 기억하는 사람은 드물 것이다. 이미 세월을 훌쩍 뛰어넘어 수십 년이 지났으니, 시인을 알고 지낸 문인들도 여럿 돌아가셨고, 혹은 안동 땅을 떠나 사는 사람들은 그 이름을 거론하지 않은 시간이 너무도 오래 되었다. 지금은 돌아가신 백승초 시인에게 신승박 시인의 첫 시집을 빌려 본 적이 있었으나 생애에 대한 이야기를 구체적으로 여쭤보지 못했고, 고 임병호 시인을 여러 번 뵈었으나 역시 자세하고 정확하게 따로 질문을 드린 적이 별로 없이 임병호 시인의 말씀을 주로 듣기만 했다.

시비에는 「강」이라는 시를 새겼고, 뒷면에는 연혁이랄 것도 없고 생애랄 것도 없이 간략하게 태어나고 돌아가신 날과 훌륭한 시인이었음을 알리는 몇 마디 글귀가 박혀 있다. "신승박 시인의 시세계를 사랑하는 사람"의 이름으로 세운 빗돌에는 유고시집 『하늘의 시』에 실린 시를 소개한다. 「하늘의 시」는 "초연과 숭고의 시 무한한 포용의 시"로 시에 대한 시인의 진지한 세계를 담은 작품이다. "시인의 삶과 글을 존경해 온 이곳의 문학동호인들이 그의 20주기를 맞이하여 작은 돌 하나를 놓아 고인의 글과 일을 삼가 기린다." 시비에 붙인 설명을 보면 당시 문학청년들이 따르고 존경했던 인물임을 알 수 있다.

3. 누나네 여관에서 살았던 시인

신승박 시인의 삶과 시를 더듬을 요량이나 신승박 시인과 더불어 어울린 문인들이 여럿 작고하셨다. 안동에서 주로 거주하셨고 고교동창이거나 동인활동을 함께한 동년배의 사람들에게 좀 더 많은 이야기를 주의 깊게 들어두었어야 했는데 아쉬운 감이 크다. 백승초, 임병호 이런 분들이 살아계실 때 더 많은 이야기를 들어두지 못한 것이 못내 죄송스럽다.

아쉬우나마 '글밭' 창단 회원인 혜봉스님의 아련한 기억을 따라 얻은 몇 가지 이야기를 풀어 놓는다. 1968년 '글밭' 동인이 결성될 때 선배 작가 가운데 인품이나 작품이나 훌륭하다고 평가받았던 신승박 시인을 동인들이 선배로 모셨다고 한다. '글밭' 문학동인의 연혁에 따르면 1972년에 회원으로 가입했다는 기록이 나온다. 아마도 안동문인협회지부가 결성될 때 '글밭' 회원들이 동인의 울타리를 넘어 안동문학이란 큰 그림을 그리게 되었고, 이 성과로 안동에 문협지부가 창립 결성된다. 그 후 '글밭' 회원들은 문학동인으로 다시 전환하는데 이때 본격적으로 합류한 것이 아닐까 추측해본다.

신승박 시인은 결혼하기 전에는 누나가 운영하는 여관에 거처하였다 한다. 현재 신시장 주변의 여관이라고 들었는데 정확하게는 여인숙이 맞을 것이다. 동네 어른들께 여쭤보니 현재 신시장 입구의 옥야수퍼 뒤편으로 여인숙이 여러 채 모여 있었다고 한다. 아마 그 부근에 있었던 것으로 짐작된다. 당시만 해도 여관은 귀했고 여인숙이 대부분이었다고 한다. 거의 1980년대 후반까지 여인숙이 여관보다 많았던 모양이다. 시인의 누나네 여관방은 10여 개 넘었다고 하니 규모가 꽤 컸던 것 같다. 이 여관에 부인될 분이 안동의 보건소 간호사로 발령을 받아왔고, 임시 거처로 이곳에 투숙하였다. 이 공간의 우연으로 두 분의 만남이 이뤄졌다.

당시 혜봉스님은 봉화에서 초등학교 교사로 있었고 방학이 되면 자주 신승박 시인을 찾아서 소주잔을 기울이고 문학이야기를 나눴다고 한다. 시인은 택시회사 사무원으로 직장 생활을 했으나 골수염이란 병으로 다니질 못했으니 경제적으로 넉넉했을 리 만무했다. 그런데 결혼을 하고 아들까지 두었으니 살림살이가 꽤나 팍팍했을 것이다. 한번은 혜봉스님에게 『세계문학대사전』을 건네길래 얼마의 돈을 드린 적이 있다고 한다.

이렇게 가난하지만 행복했던 생활도 짧게 종지부를 찍게 된다. 부인이 독일파견 간호사로 자청하는 바람에 이들은 헤어지게 된다. 아마 부인에게도 어떤 돌파구가 필요했던 것은 아니었을까. 병든 남편과의 생활이 쉽지는 않았으리라. 부인이 하나 있던 아들까지 데리고 독일로 떠나게 되면서 신승박 시인은 병든 몸으로 혼자 남게 된다. 부인이 떠나고 신승박 시인은 방을 얻어 노모와 함께 살다 생을 마감했다. 노모와 얻은 방은 구 영호초등학교 자리 부근이었다. 이곳이 당시는 안동여고였는데 교장사택 부근에 방을 얻었다고 한다.

신승박 시인의 외모는 상당히 남자답게 생겼고 눈도 반짝반짝 빛나는 미남이었다고 전한다. 『별밤에』 시집에 실린 사진으로 봐도 그 멋있는 얼굴을 대충 짐작할 수 있다. 아주 재기도 넘쳤고 말솜씨도 뛰어났으며 사람을 대하는 예의도 깍듯하였다. 특히 와병 중에도 간간이 외출할 때는 모자를 쓰고, 지팡이를 짚고, 선글라스도 끼고 출입을 하던 멋쟁이였다. 시내의 다방에서 사람을 만날 때면 인사도 예의 바르게 하며 말재간이 돋보인 모던한 신사였다고 한다.

그러나 문학을 주제로 두고 이야기가 본격적으로 진행되면 매우 예리하고 날카로웠다고 한다. 이런 이야기는 문학에 대한 시인의 진정성을 헤아릴 수 있도록 도와준다. 비판적이거나 냉소적일 정도로 매섭게 스스로를 자책하는 작가정신을 보여주는 것이다. 비판정신과 작가정신이 다른 것이 아니니 어쩌면 당연한 면모이기도 하다. 문학에 대한 열정과 진지한 개인의 세계관이 잘 비치는 대목이다. 시인 사후 노모가 간직하던 작품은 노모의 손을 떠나 『하늘의 시』라는 유고집으로 묶였다. 전집을 준비

하며 조카 이영석 선생을 통해 생전에 자필로 묶은 시집도 확인
하였다.

4. 열여덟 살에 시집을 출판한 시인

신승박 시인은 경안고등학교 2학년 재학 중에 『별밤에』(1961)
라는 시집을 낸 적이 있었으니 안동에서 명성이 자자했을 것은
당연하다. 1960년대에 개인이 시집을 내는 일을 상상해 보시라.
지금이야 책이 넘쳐나는 시대요, 며칠 안에 책 만들기는 일도
아니지만, 당시는 쉽지 않은 일이었다. 또한 시인에 대한 특별한
존경과 동경심이 있었고, 시에 대한 낭만과 기대감이 있었던
시대였다. 안동의 문학청년들은 신승박이란 이름을 알고 있었
을 것이고 문학공부를 함께 하는 일이 자랑스러웠을 거란 추측
은 충분히 가능하다.

어디로 길을 나서야 신승박 시인의 자취를 찾을 실마리를 잡
을 수 있을까. 그의 누나가 운영했던 여관은 신시장 주변이었고,
시인이 노모와 생의 마지막을 보냈던 동네는 이 시장 건너편
동네로 당시는 안동여고 주변이었다. 이 동네는 도로 하나를
두고 시장과 주택가로 구분이 된다. 시장 쪽으로는 여인숙이
모여 있었던 것으로 봐도 사람들의 왕래가 비교적 많은 곳이었
을 것이다. 그렇지만 길 하나 건너 학교가 있고 주택가가 형성된
동네이니 시장 한복판에서만 살았다고도 할 수 없다. 아마도

이 동네에서 스물아홉의 짧은 생을 살았을 것이다.

신승박 시인이 어떻게 한하운 시인과 인연이 닿아서 그가 경영하는 무하출판사에서 시집을 내게 된 것인지 잘 모르나 청년시인의 문재에 한하운 시인이 감동했던 것은 분명한 것 같다. 시집 서문을 한하운 시인이 직접 쓴 것도 신승박 시인의 시에 대한 감탄과 기대가 듬뿍 담겨 있었기 때문이다. "우리 시단의 전통적인 운율을 이 시집에서 재확인할 수 있고 그의 〈리리시즘〉은 우리 풍토와 눈물과 슬픔을 솜씨 좋게 노래 부르고 있다."라고 쓰고 있다. 아직 스물도 되지 않은 어린 문학청년을 두고 한국의 전통서정성을 잇는 사람이라는 평가를 내렸으니 말이다.

신승박 시인의 첫 시집을 읽노라면 짧은 생을 살다간 소월 김정식 시인이 살아오는 거 같다. 그 절절한 언어에 담긴 깊은 한이며, 율격이 살아있는 언어며, 호흡이며 비슷한 것이 너무 많다. 혹시 김소월 시인을 못내 그리워하여 시의 세계가 닮았던 것일까. 그저 추측해 볼 수밖에 다른 길이 없다. 아니면 전쟁과 가난, 불안의 시대를 살았던 부모세대의 정서를 그대로 물려받은 당시 한국 십대들의 평범한 정서였을까. 그 평균의 분위기와 시대가 주는 정서를 잘 담아냈던 것인가. 십대 후반의 정서가 얼마나 깊은지 드리운 그늘의 깊이를 헤아리기 어려울 정도이다. 이런 작품 경향을 두고 한하운이 한국서정성을 운운할만했다고 생각한다.

밥 먹는 일 자체가 어려웠던 시대에 시집출판이라니, 참 놀라운 일이 아닌가. 요즘처럼 밥 먹는 일 그것 자체가 놀랍지 않은 시대에 "책이 밥 먹여주지 않는다."는 생각이 지배하는 건 또 뭣인가. 참, 역설적으로 밥을 굶을 일도 없이 여유로워지자 세상의 진지한 모든 것들이 가벼워지기 시작했다. 문명화의 진행 속도 만큼 사람들은 성스러운 것도 심각한 것도 진지해야 할 것도 놓치고 있는 것은 이상한 일이다. 어쨌든 현재와는 너무나 다른 생각의 결이 시와 시인을 향해 살아있었다. 책을 귀하게 여기는 마음이 사람들에게 공통적으로 있었던 것은 그만큼 책 보기가 어려웠던 시대를 살았기 때문이고, 책이 사람의 인격과 품위를 키우는 중요한 역할을 한다고 믿었기 때문이다. 이 책 가운데 문학은 사람의 인성과 바른 됨됨이, 혹은 멋스러운 정서를 도와주는 것이라고 생각했던 모양이다. 특히, 시에 대해서건 시인에 대해서건 그리 존경스런 마음을 담고 있었다니 당시 사람들의 마음자리가 너무도 곱다는 생각이 든다.

5. 그리운 아내와 아들을 두고

신승박 시인의 삶은 그리움이 자라서 그 그리움에 갇힌 나날이었을 것이다. 다가올 자신의 인생을 알기나 하는 사람처럼 첫 시집에서도 그 서러움과 그리움을 얼마나 애잔하게 담고 있는 것인가. 얼마나 절절했던지 김소월의 정서를 그대로 닮아있을 정도다. 그가 유년과 사춘기를 어떻게 보냈는지 전혀 모르겠지만 시적 체험 안에서 살았을 것 같 같다. 그는 결혼했으나 가족이 단란하게 함께 살지 못했다. 자신의 병든 몸도 몸이려니와 아내와 아들과는 생이별을 하고 살았다.

유고시집 작품 가운데 그 그리움을 직접 담아낸 시가 몇 편이 있다. 아내가 다녀가서 더욱 쓸쓸해진 병상의 시인은 「고독」이란 시에서 아내가 보고 가서 더욱 그립고, 자식이 보고 가서 더욱 그립다고 쓰고 있다. 한창 투병 중일 때이거나, 아니면 죽음이 멀지 않았을 어느 때에 아들과 아내가 더욱 그리웠던 것이다. 사랑하는 사람을 두고 혼자 남아야 하는 그 서러움과 외로움을 짐작해 볼 수 있겠다. 그에게 아내는 전쟁도 가난도 다 이해하고 받아들인 아주 포용력이 넓고 따뜻한 사람이었다. 아픈 몸의 남편이 담배를 줄이기를 바랐지만 술까지 마시고 늦은 귀가를 해도 아이 젖이나 물리며 말 대신 눈물을 흘렸던 사람이라고 썼다.

이런 고운 아내를 어찌 그리워하지 않을 수 있었으랴. "된장찌개가 탈까 죽지도 못했던 여인"이라고 쓴 그의 시 「아내」, 「억새 －베를린의 아내에게」 등의 시를 보니 자식과 아내를 그리다 죽은 화가 이중섭이 생각난다. 단지 가난이 이들 가족을 갈라놓았을까. 단지, 가난이라고 말하면 안 되는 일일까. 충분히 가난은 혹은 생활은 사랑을 넘어설 위력이 있는 것일까. 가난이 신승박 시인의 가족을 한국과 독일로 흩어지게 했고, 이중섭 화가의 가족을 한국과 일본으로 나눠놓았을까. 이중섭은 제주도 체류 시 먹을 것이 없어 게를 잡아먹고 게에게 미안하여 게 그림을 담배종이에 그리지 않았는가.

시인은 시에서 목발을 짚고 어두운 밤길의 정적을 깨며 행차가 유난스럽다며 자신을 이미 "반나마 죽은 몸"이라 쓰고 있다. 먼 이국땅의 사랑하는 가족을 그리워할수록 병색은 짙어졌을 것이고 삶의 의지도 줄어들지 않았을까. 훗날 흙이 되길 바랐던 그에게 몸의 병은 마음의 병보다 심하지는 않았을 것이다. 홀로 죽음을 준비하고, 가족을 기다리며 외롭고 쓸쓸하게 깊은 그리움의 나날을 살다 갔을 것이다.

나설 길이랄 것도 없는 짧은 길이었지만 이번 길만큼 쓸쓸한 길도 흔하지 않을 것 같다. 그러나 그를 아름답게 자랑스럽게 추억하는 '글밭' 동인 사람들과 몇몇 후배 작가들은 안동의 현대 문학을 이야기할 때면 여전히 맨 앞자리에 신승박 시인을 언급하고 있다.

가난과 우울, 그리고 한으로 깊어진 생명의 노래

1. 소년 신승박 시인이 되다

신승박(1944~1973)은 안동 출생으로 고등학교 재학 시절 시집 『별밤에』(1961)를 출간했다.1) 당시 안동에는 등단한 기성 시인이 거의 없었으며 시집을 출판한 사람도 찾아보기 어려웠다. 안동에서는 전후 생존 문제로 황폐한 상태라 시를 논할 문화적인 분위기가 아니었다. 이런 황폐한 시대를 건너던 사춘기 시절 신승박은 사람들의 고통과 빈곤을 중층적으로 시에 담았다. 첫 시집을 보면 인생을 아주 오래 살아서 한이 몸에 밴 어른 화자가

---

1) 이 전집은 신승박 시집 『별밤에』(문하문화사, 1961)와 유고시집 『하늘의 시』(들소리, 1993), 수고본(1963)을 함께 묶었다.

등장하지만 그런 시를 썼던 시인은 당시 십대 후반의 소년이었다. 가난하고 어려운 시절일수록 아이들은 철이 일찍 든다. 소년 신승박은 스스로 철이 들어 이미 어른 못지않게 세상을 이해하고 있었다.

신승박 조카 이영석에 따르면 첫 시집을 서울에서 출간했는데 아버지가 아들의 시집 출간을 위해 기꺼이 돈을 마련했다고 한다. 당시만 하더라도 글 하는 선비에 대한 존경심이 크게 있었던 때라, 시인에 대한 동경이 각별하기도 했다. 시 잘 쓰는 아들을 자랑스럽게 생각했을 아버지의 마음을 읽을 수 있다. 집안에서 막내로 태어난 데다 누나 셋을 둔 아들이었기에 부모님은 물론이고 누나들의 사랑도 독차지했다. 일찍부터 시재가 뛰어났던 신승박은 1959년 학도호국단 주최 전국고교생 문예현상모집에서 문교부 장관상을 받았다. 그 무렵 고교생을 대상으로 삼은 작품 현상 가운데서는 가장 권위가 있는 행사였다. 이를 계기로 신승박은 시의 길로 본격적으로 뛰어들었고 집안에서도 뒤를 받쳐 주었다.

당시 국학대학(현 고려대로 통합)에는 시 잘 쓰는 고교생을 장학생으로 선발하는 프로그램이 있었다. 국학대학은 광복 이후 민족정기를 키울 계획으로 국학분야 장학생을 선발했는데 당시 양주동 등의 인물이 교수진으로 있었다. 안동의 문학청년들 중에서 국학대학에 진학해서 장학생으로 학교를 다니는 이들이 두 명이나 있었다. 신승박은 선배들처럼 국학대학에 입학하기 위해 아예 다니던 경안고등학교도 그만두고 신춘문예에 도전했으나 결과가 좋지 않았다. 조카 이영석의 말에 따르면 모씨가 신승박의 신춘문예 응모원고를 자신의 이름으로 바꿔 보내 그 모씨가 신춘문예에 당선되었다고 한다. 증거가 있을 리는 없지만 당시 함께 글을 쓰던 이들은 그 이야기의 전모를 잘 안다고 한다.

안동 문학청년들은 신승박의 영향을 많이 받았다. 신승박은 문교부장관상 수상과 시집출간으로 안동에서 유명한 시인이 되어 있었다. 당시 고교생이 시집을 출간한 일은 안동에서 엄청난 뉴스가 되었다. 1960년대 문단에서 한하운은 인기가 절정이었는데 한하운이 운영하던 출판사 무하문화사에서 시집을 냈다. 또한 학생들 문학동아리 '맥향동인회'를 통해 후배를 진심으로 독려하고 시 창작을 함께 했기 때문에 더더욱 영향력이 컸다.2) 그 인연이 쌓여 '신승박 시를 사랑하는 사람들'은 유고시집『하늘의 詩』를 묶고 시비를 세웠다.

그의 작품은 기본적으로 가난한 현실과 전쟁 상처로 우울하고 불안한 심리를 한으로 승화시켜낸다. 10대 후반 소년의 정서라고 보기엔 너무나 조숙하지만 그만큼 시대가 암울했던 탓에 인생의 깊이를 담는 한이 자연스럽게 표현되었다. 첫 시집『별밤에』를 출판하자 소월 시풍의 정조를 잇는 시인이라고 한하운이 극찬하기도 하였다. 유고시집『하늘의 시』는 소년기 정서를

---

2) 신승박, 「동인활동과 문학생활」, 『맥향』 창간호, 맥향문학동인회, 1974.7. "자신의 자세 확립이 되어 있는가 하는 문제, 제 홀로 고독하게 할 수밖에 없는 문학의 본질 추구에 얼마나 성실히 임하고 있는가 하는 문제가 미리 검토되어야 한다."

넘어서서 '하늘'이라는 자연을 시적 대상으로 삼아 시의 깊이를 더한다. 우리의 고유한 전통 속에서 하늘은 변하지 않는 가치와 영원함을 상징하는데 신승박 역시 하늘을 항상성의 대상으로 설정한다. 『별밤에』의 소년기 가난과 우울을 넘어선 신승박 시 세계는 『하늘의 시』에서 생명의 영원성을 노래한다. 시대의 암울을 극단적으로 드러내는 죽음이나 자기 무화는 다시 생명을 꽃피우는 단계로 나아가는 과정과 연결된다. 죽음에 대한 슬픔이 곡진하나 그 슬픔의 깊이는 생명이 승화되는 불씨로 작용한다. 시 세계가 죽음과 이별 등을 다루고 있으나 결국 살아있고자 지향하는 의지를 드러내면서 생명 승화로 나아간다.

2. 서러움과 그리움이 굳어진 한의 정서

한하운이 『별밤에』 서문에서 "우리 시단의 전통적인 운율을 이 시집에서 재확인할 수 있고 그의 〈리리시즘〉은 우리 풍토와 눈물과 슬픔을 솜씨있게 노래 부르고 있다."[3]고 평가한다. 리리시즘으로 정리된 우리 시사의 맥락이 어떤 것인지 제시한 것은 아니지만 여기서 리리시즘은 우리 시의 전통적인 서정성을 신승박에게서 볼 수 있다는 의미로 쓰였다. 특히 한하운은 김소월의 서정성을 우리 시의 리리시즘으로 평가하면서 신승박 시가

---

3) 한하운, 「서문」, 『별밤에』, 무하문화사, 1961.8.20.

소월의 시적 특징과 닮아있고, 시어의 독창성을 가지고 있다고 평가하였다.

가난과 서러움은 춘궁이자 배고픔의 시간으로 드러난다. 생명이 소생하는 봄을 배경으로 가난한 한 시절을 그려낸다. 긴 겨울이 끝나고 먹을 것도 없는 보릿고개 시절이 주제이다. 먹고 사는 진부한 일이 실제 먹을 것이 없던 시절에는 가장 절실한 생존 문제였다. 굶주림이 일상이던 시절 봄날의 허기는 개인의 문제에 머무는 것이 아니라, 동네, 마을을 포함하는 사회적인 문제였다. 이런 궁핍의 시기는 시인의 곤궁한 처지와 연결되어 지독한 가난과 배고픔을 묘사하는 시적 표현으로 이어진다. 상대적 빈곤감이 아니라 절대적인 허기와 그대로 부딪히면서 배고픔을 참아야했던 당시의 상황이 잘 드러난다. 춘궁에 지친 농부와 어린 송아지는 허기를 이겨내느라 봄날 낮 시간이 지루하고 힘에 겹다. 「소쩍새」, 「송아지 잠이 들었다」에서 묘사된 봄날은 잔인할 정도로 배고픈 봄날이다.

솥이 적어
솥이 적다고
소쩍새 운다

하루가 십년^{十年} 마냥
길기만 하던
허기진 오월^{五月}의

기인 허리에
보리밭 사이로
소쩍새 운다

가는 허릴랑
잡아 잡아매고
길어진 치마끈은
한 허리만 더 묶자고
소쩍새, 긴 밤을
울어 울어 샌다

덜 여문 보리알을
애타게 씹어 보다
별나게도 해가 기인 농부農夫가
자리에 들면

솥이 적어
솥이 적다고
오 오 소쩍새
밤 깊도록 운다

—「소쩍새」 전문

기인 긴 낮 사이를

울기만 하던
목메인 송아지
잠이 들었다

포근히
포스근히
잠이 들었다

피곤한 어미와
외로운 아들의
오월五月의 한밤은
달빛에 잔다

—「송아지 잠이 들었다」 전문

「소쩍새」에서 굶주리던 보릿고개 시절 한나절 해는 십 년처
럼 길게 느껴지고 허리만 더욱 가늘어져 치마끈만 길어진다.
허기의 시간을 통과하는 촌부의 하루를 담아낸다. 덜 익은 보리
를 씹는 농부에게 오월 하루해는 길기만 하다. 먹는 문제에서
자유롭지 못한 인간의 모습이 소쩍새의 울음에 담겨 비통하다.
배고픔이 주는 고통은 잠 못 이루는 농부가 듣는 소쩍새의 울음
으로 이어진다. 전통적으로 한을 상징하는 소쩍새와 봄밤이 만
나 허기진 하루가 두드러진다. 배고픈 하루의 시간이 십 년과
맞먹을 정도로 절절한 허기는 치마끈을 한 허리 더 묶어야 하는

현실에서 처참해지고, 덜 여문 보리알을 씹는 농부에게 이르면 참혹함이 일어난다.

「송아지 잠이 들었다」에서 어린 송아지의 따뜻한 잠은 오월 봄밤의 달빛에 어우러져 순간적이나 행복한 풍경을 연출한다. 포근하게 잠든 송아지 이미지는 배고픈 봄밤과 대조를 이룬다. "봄날 해는 길어서 배곯다 지친 송아지가 겨우 잠들고, 외로운 아들과 그 어미도 잠든다." 5월 봄밤의 정서는 포근하다. 그러나 이 잠은 길고 지루한 한낮을 울기만 하던 송아지의 지친 잠이다. 밤은 포근한 잠으로 이어지나, 낮은 길고 지루한 시간일 뿐이다. 마치 이야기하는 방식을 선택해 편안한 대화를 하는 것 같은 이 기법은 김소월 시에서도 나타난다.

신승박의 시어는 특별한 조어를 선택하지 않고 매우 자연스러운 점이 특징이다. 마음에서 일어나는 미적 충동에 대해 솔직하게 드러내고 그것을 구체적으로 표현하는 기법을 구사한다. 첫 시집의 대표적인 정서는 서러움과 그리움으로 압축할 수 있다. 시의 흐름은 선지자처럼 지성적인 이미지를 드러내기보다는 감정을 그대로 노출하는 방식이다. 지상에서 영혼이 빈곤한 대상에 대해 그 공백을 채워주기라도 하듯이 감성적인 언어를 선택한다. 순간적인 감정의 치우침이 아닌 삶에서 근원적으로 일어나는 서러움, 그리움이 한으로 확대된다.

「내마음」, 「내마음 둘 곳」에서 마음을 직접 토로하는 형식을 선택한다. 마음의 문제를 언어로 표현할 수 있는 여지란 너무나 미미하다. 마음만을 중심에 두고 서러움을 불러낸다면 신파로

도 흐를 수 있으나, 마음이 통속적으로 흐르지 않도록 긴장을
유지한다. 이 지점에서 서러움과 그리움이 고유한 정서로 읽힌
다. 두 편의 시는 여승의 사연, 죽음에 대한 아픔, 사랑에 대한
그리움 등을 주제로 썼지만, 개인의 서러움으로 떨어지지 않으
면서 시적 긴장이 팽팽하다.

붉게 붉어 피 묻어
타는 노을에
탄다 타버린다
내 마음

마알간 호숫가
씻어둔 바위 위에
바람 씻어 타고
찾아가는
내 마음

소슬히 강바람이
옷깃을 불면
지향 없이 가고프다
내 마음

창窓 넘어 달 돋으면

잊어 잊어 두고
바람에 꽃닢 지면
서러운가
내 마음

―「내 마음」전문

몹사리 그리운
그리운 마음

따스근 마음을랑
어디에다 두라했오

휘휘한 들 끝에다
안아다 뿌리릿까

끝없는 강물에다
띄워 흘러 보내리까

설구지 마음 두고
돌아 울며 가실 때

빈 마음, 외로 가슴
눈물짓는 가슴에사

애여라, 살구꽃이

애만 타면 되오랬오

—「내 마음 둘 곳」 전문

　「내 마음」에서 주체할 수 없이 흔들리는 마음이 잘 묘사된다. 노을이 붉게 타오르는 하늘처럼 마음도 타들어가거나, 바람으로 마음을 씻어내거나, 바람처럼 지향 없이 어디론가 가버리거나, 꽃잎이 떨어지면 서러워진다. 마음은 형체도 없고, 담긴 것도 없고 덜어낼 것도 없이 그저 빈 공간이거나 시시각각 변하는 지대로 놓인다. 노을이 붉게 물들면 곧 타버릴 것처럼 변하는 마음, 맑은 호숫가의 바람을 씻어내는 마음, 막연히 지향하고 싶어지는 마음, 꽃잎이 바람에 떨어지면 서러워지는 마음이 「내 마음」에서 다양하게 반응한다. 물론 마음은 정해지지 않은 심리적인 공간이기 때문에 상황에 따라 변하기 마련이다. 마음은 '노을', '호숫가 바람', '강바람', '달'의 외부조건에 따라 달라진다. 시인의 마음엔 서러움이 가득 고여 있지만 이 서러움이 노을과 만나면 타버릴 지경에 이른다. 결국 피 묻은 노을에 마음을 태우면서 서러운 마음은 긴장이 지속되는 중이다.

　「내 마음 둘 곳」에서 따스한 마음은 숨어버리고 만다. 마음의 밝음과 어둠은 의지와 무관하게 움직인다. 흐려진, 혹은 그리워진 마음을 들 끝에 뿌리거나 강물에 띄우는 것을 시도해도 그리움은 해갈되지 않는다. 서러워진 마음을 두고 돌아서 울며 가지만 살구꽃 피는 봄날만 되면 이 서러움은 더더욱 살아나고 만다.

그리움에 마음이 멍든 시적 자아는 살구꽃 피는 봄이면 다시 그리움으로 가슴 태운다. 마음을 들 끝에 뿌린다는 지점에 이르면 외로움은 극대화된다. 떠난 님에 대한 그리움이 지배적인 정서로 드러나기에 그리움을 담은 연시로 읽을 수 있다.

불두화佛頭花 꽃이
꽃이 피면은

꽃 하나 따다
가사袈裟에 꽂고

밤새 울어 쌓는
접동새 보다

서름에 서름에 겨운 여승女僧은
피리를 분다

가는 손가락은 파들거리며
앞으로만 고깔은
숙여지더니

피리 끝엔 방울 방울
눈물이 지고

서러워 서러워
살아온 날을

피처럼 새겨보며
피리를 분다

탈속脫俗은 몇 년인가
유사이전有史以前의

눈감은 예불상禮佛像은
말이 없는데……

작은 가슴은 목탁木鐸소리
외로움에 겨워

아쉬워 아쉬움에
지나 지난날이

그리워 그리워
피리를 분다

—「피리」 전문

피리를 부는 여승의 애절한 사연은 한이 되고 그것은 여승의 눈물로 구체화된다. 피리 끝에 방울방울 맺히는 이 고요한 절규는 한을 절묘하게 표현한다. 서러운 날들을 가슴에서 불러내느라 피리 불기는 계속된다. 목탁 소리의 외로움을 겨워하고, 지나온 날의 아쉬움을 피리를 통해 쏟아낸다. 백석 시에서 "가지 취 냄새가 나는 여승의 한"(「여승」)이 드러내는 시적 분위기와 매우 유사하다. 금 캐러 떠난 남편, 도라지꽃이 좋아 산으로 간 딸을 둔 이 여승의 한 역시 극에 달했다. 이렇게 한을 상징하는 비구니의 존재를 「피리」를 통해 표현하고 있다. 여승은 지나온 날들에 대한 아쉬움과 그리움을 피리에 실어낸다. 서러움 → 외로움 → 아쉬움 → 그리움으로 감정이 전이되면서 여승의 한은 깊어간다.

해는 들창으로 밝아 오다
쉬는 날 밝은 해는
밝아 오다

무거운 잠자리에
몸 일으키며
귀 기울여 미소^{微笑} 실며
아침이 오다

어미 소 일터 나간
목멘 송아지

버드나무 그늘 아래
한낮을 울면

버들피리 만들어
강둑에 불고

향수鄕愁 실은 내 곡조에
해가 지도록

쉬는 내 쉬는 날은
종일을

피리 불며 나홀로
쉬일 양 하다

—「休日頌」 전문

휴식은 피리 부는 일과 동일하게 설정되어 있는데 어미가 없
어 목이 맨 송아지까지 한 호흡으로 연결시킨다. 피리 분다는
행위는 그리움과 외로움을 내포한다. 어린 송아지는 어미소가
그리워 한낮을 울고 시인은 버들피리를 불며 향수를 달랜다.
어미를 기다리는 송아지에 시적 자아가 투영되어 있는 상황이
다. 일터 나간 어미가 쉬 돌아올 수 없다는 사실을 알지 못하는
송아지의 울음은 애절하게 들린다. 이렇게 송아지가 어미소를

기다리는 심정으로 고향을 그리워하는 화자의 마음은 피리에 실려 전해진다.

　김소월 시의 대표 정서로서의 '한'이 신승박 시에서도 잘 드러나 있다. 서러움, 그리움의 단계가 '한'으로 확장되는 과정이 자연스럽다. 그리움은 극복 불가능하거나 치유하기 어려운 지병처럼 그려져 있다. 이 그리움에는 서러움도 포함되어 있다. 서글픔과는 차원이 다른 고독에 사무치면서 그리움으로 굳어져 가는 과정이 보인다. 실제 신승박의 가난과 병마는 시적 정서를 그리움 안에 갇히도록 만드는 조건으로 작용했을 것이다. 첫 시집이 1961년 출판된 것을 감안해보면 한국전쟁 이후 1950~60년대 지배적인 정서가 무엇이었는지 짐작할 수 있다.

3. 하늘공간으로 수렴되는 세계

　『별밤에』에서 그리움과 서러움이 쌓여 한의 정서가 주로 드러났다면『하늘의 시』에서는 그 한이 모두 하늘 공간으로 수렴된다. 하늘은 일상공간 안에 놓였으나 인간의 길을 묻는 중심역할을 한다. 단순히 정서적 친근감으로서 하늘이 들어오기도 하고 궁극적인 인간의 길을 탐색하는 물음으로 하늘이 놓이기도 한다. 하늘은 가장 가까운 공간으로 존재하면서 인간을 성장시키는 대상이 된다.

　동양의 하늘관은 인간에게 지혜로움을 가르치는 넉넉한 존재로 이해된다. 예부터 사람들은 자연을 숭배하면서 자연에는 초월적인 힘이 있다고 믿었다. 그 믿음의 가장 집약한 대상이 바로 하늘이다. 상황에 따라 인격적인 신으로까지 이해되기도 하는 하늘은 『하늘의 시』에서 시 세계 전체를 포괄한다. 물리적으로 하늘은 땅과 구분해서 빈 공간 일체를 가리킨다. 하늘은 무한성을 강조하는 언어로 무한대의 시공간을 열어두는 의미를 갖는다. 어떤 언어로도 하늘을 대신 설명할 길 없음도 인정한다. 시적 자아의 지극한 외로움과 그리움을 달래주는 대상도 하늘로 설정되어 있다.

노모老母만이 옆에 계신

쓸쓸한 병상

아내가 다녀가서

외롭습니다

자식子息놈이 보고 가서

외롭습니다

병들어 객향客鄕에서 사는 것도

설움소만

하늘이 높은 때엔

더욱 그렇습니다

—「고독」 전문

나에게 바람이 있는 것은

언제나 이룽이는
마음이 있는 까닭이다

구름이 있는 것은
자유自由와 방랑放浪
돌이 있는 것은
고집固執과 냉정冷情
낙엽落葉이 있는 것은
이별離別과 상실喪失이
내 마음에 있는 까닭이다

줄기찬 생의生意로 유유悠悠한
장강長江의 흐름을 알고
열심熱心한 밝음에의 기원祈願으로
한밤중에 촛불을 현다

……삼라만상森羅萬象은 모두 나의
마음이다
그러나, 저 드너른 우주宇宙를
낱낱이 모두 삶으로
표현表現할 수 없는 나에겐

언제이고 아스라한 하늘이

마냥 남아 있는다

가이없는 사랑과
견줄 데 없는 고독孤獨
그런 맘들을 늘 무량無量한
침묵沈默으로 머금은……

―「마음」 전문

만고萬古에 변함없는 말을 가지고
하늘이 땅 위에다
시詩를 적는다

태양太陽으로 광명光明과 투시透視의 시詩를
월광月光과 별빛으로
아늑한 사랑과
반짝이는 희망의 시詩를
구름과 바람으로
변화變化와 창조創造의 시詩를 적고

우레와 번개로
경악驚愕할 분노忿怒의 시詩를 적으며
풍성豊盛한 흰 눈으로
평화로운 순결純潔의 시詩를

고즈넉한 봄비로

생명生命과 부활復活의

시詩를 적는다

그리고

언제나 아라한 그 높이로

초연超然과 숭고崇高의 시詩를

가이없는 그 폭幅으로

무한無限한 포용包容의 시詩를

억겁億劫 광음光陰으로

적고 적으며

영원永遠히 부족不足한

인간人間을

가르친다

— 「하늘의 詩」 전문

하늘은 시적 자아와 최대한 먼 거리를 유지하며 상승해 있는
상황이다. 아내와 자식이 없이 혼자 누운 병석의 상황은 하늘이
높아진 시점이다. 아내도 자식도 모두 손님처럼 다녀가고 혼자
남은 시간은 하늘과의 거리감만 더욱 키운다. 그 거리감은 회복
되지 못하고 점점 커져간다. 하늘이 인간과 가까이 있지 않고
최대한 멀어진 지점에 고독한 현실이 놓인다. 이 시에서 고독은
혼자 남은 존재에 방점을 찍는 게 아니라 하늘과 소통 불가능한

거리를 강조하기 위한 장치이다. 하늘과의 거리감에서 외롭고 쓸쓸한 감정이 일어나는데 하늘이 높아지면서 바라볼 수 있는 하늘이 멀어지자 고독은 더욱 확장된다.

'삼라만상은 모두 나의 마음'이라고 한 것처럼 마음의 움직임에서 삼라만상이 생겨난다. 의지의 투영으로 사물의 존재를 각인하는 것이다. 생각과 감정을 통해 온갖 사물이 존재하는 곳은 마음이라는 세계이다. 마음이 작용해서 자연사물을 의식하는 방식과는 다른 존재의 자연물로 하늘을 인식한다. 하늘은 단순한 자연물이 아니라 우주라는 시간과 공간을 지닌 것으로 인간의 마음을 넘어선 무한세계로 간주한다. 인간의 마음작용을 넘어선 공간에서 자연현상 전부를 포괄하는 자리에 하늘을 배치시켜 놓았다.

생명을 향한 마음의 구체적인 작용은 희망의 언어를 불러낸다. 움직이는 마음은 자연물과 대비를 잘 이룬다. 인간의 마음도 자연물과 다르지 않으니 주변 자연의 변화와 다를 것이 없다. 인간 한 몸이 소우주이기에 몸과 마음의 변화를 자연의 역할과 대비시키는 일이 가능하다. 구름은 자유와 방황, 돌은 고집과 냉정, 낙엽은 이별과 상실 등으로 자연사물의 특징을 마음의 움직임과 짝을 지었다. 마음이 더욱 구체적으로 묘사되면서 의미의 확장이 일어난다. 자연변화 이외에 인간 내면이 움직이는 현상을 생명으로 풀어낸다.

그런데 마음으로 표현할 수 없는 것들이 등장한다. 우주의 일체가 마음이지만 우주의 흐름을 삶과 연결 짓거나 풀어내지는 못한다. "저 드너른 宇宙를/ 낱낱이 모두 삶으로/ 표현할 수 없는" 것이다. 인간을 소우주에 비유하더라도 넓은 우주를 설명할 방법을 찾지 못하고 우주는 미지의 세계로 남는다. 그 우주의 다른 말이 바로 하늘이다. 항상 하늘은 인간 삶과는 다른 차원이다. 하늘은 '끝없는 사랑', '절대고독', '무량한 침묵'을 간직하고 있어서 삶의 관점에서 이해할 수 있는 대상이 아니다. 자연의 모든 변화를 통솔하거나 바라보는 자리에서 하늘을 두고 구체적인 인간 삶을 직접 대비할 대상은 찾을 길이 없다. 분명 하늘은 가장 큰 공간이기에 우리 삶의 어떤 공간도 하늘에 포함되지 않는 곳이 없다.

「하늘의 詩」는 시집 전체 작품을 다 담을 정도의 넓이와 깊이를 가진 대표작품으로 볼 수 있다. 「하늘의 詩」는 자연언어로 구성된다. 태양의 빛 자체가 희망과 긍정의 언어로 태어난다. 밤을 밝히는 달과 별빛에서 희망은 사라지지 않는다는 걸 알려준다. 태양과 달, 별의 빛나는 언어가 희망 세계를 향해 있다. 구름과 바람, 우레와 번개는 하늘과 대지 사이에서 일어나는 공기 흐름에 따른 현상에 비유한다. 이들은 희망의 구체 사물들로 강한 변화를 일으켜 대지의 생명력을 키워낸다. 계절변화에 따른 현상들, 눈, 봄비는 다시 생명 시작을 준비한다. 이 자연의 흐름은 우주의 조화를 통해 한 편의 시가 된다. 그 조화의 중심에 하늘이 놓인다.

이 시는 마지막 연에서 깨달음의 세계, 아라한의 세계로 진입한다. 하늘은 아라한과의 높이에 도달한 현자이고 인간은 세속적인 존재이다. 이때 언제나 부족하다고 생각하는 인간은 절대 세계로 하늘을 인식하게 된다. 인간을 향한 가르침은 쉬지 않고 억겁 광음으로 열려 있다. 전통 하늘관은 하늘 숭배뿐만 아니라 '아라한의 높이'에서도 드러난다. 처음 하늘은 '변함없는 말'로 시를 적었다면 마지막 행에 오면 말이 갖는 영향력을 넘어선 아라한이 된다. 말도 필요 없는 세계, 말없이 초연하고 숭고한 시, 절대적인 포용의 시로 무한대의 시간 속에서 인간을 가르치는 존재가 된다.

4. 자기 무화를 통해 생명의 순환 모색

죽음 사유를 통해 존재의 무화를 시도하는 것으로 보이지만 무화는 순환을 부르는 바탕이 된다. 세상에서 완전히 잊혀질 사람으로 스스로를 설정해두고 자아 지우기를 시도한다. 존재의 부정을 통해 존재성이 가장 선명하게 드러나는 것은 상반되는 층위를 설정해서 대비를 이루기 때문이다. 존재 부정은 죽음 사유로 가닥이 잡히는데 이승과 저승의 경계를 두고 차원이 다른 존재 이동을 그려낸다. 죽음은 자아 지우기로 극단의 무화 상태가 되는 것이 아니라, 현재 삶의 차원과는 다른 삶을 열어준다. 죽음을 예감하며 생을 완전연소하려는 의지를 두고 존재의 부재 상태라고 할 수는 없다. 죽음을 삶의 순환 안에서 본다.

그러므로 존재를 부정한다 하더라도 무의 형태가 아니다. 생명성을 밖으로 최대한 노출시키고 그대로 놓아두기를 한다. 죽음은 단순히 존재의 없음이 아니라 자아를 넘어서서 새로운 생명현상으로 이어질 가능성을 열어놓는 일이다. 자기를 완전히 지워버리고 흔적조차 남지 않을 자기 무화의 시를 쓰지만 순환을 염두해 둔 무화이다. 무화되지 않으면 순환은 일어나지 않는다. 무화는 다시 생명을 위한 근본이 되므로 '무'를 없음으로 이해하면 곤란하다. "자의식을 인식하려면 의식은 자기로부터 거리를 두어야 하는 자기부정적 존재양식으로서 無를 내부에 품고 있다. 이 無가 자유와 의미창출의 행동를 낳는다."4) 무는 있는 것이 아닌 상태, 현상으로서 존재하지 않는 상태로 볼 수 있다. 이 사상은 불교의 무아, 공사상과 궤를 같이 한다. 이렇듯 죽음을 말하는 순간에 삶은 가장 잘 드러난다.

나는 잊힐 사람
잊히워서
아무 데도 없을 사람

나는 잊힐 사람
잊히워서
뉘에게도 없을 사람

---

4) 김형효, 「〈존재와 무〉의 문화적 상징과 철학적 의미」, 『기호학연구』 16, 한국기호학회, 2004, 56쪽.

나는 잊힐 사람
잊히워서
내 집에도 없을 사람

나는 잊힐 사람
잊히워서
나에게도 없을 사람

―「잊힐 사람」 전문

「잊힐 사람」은 침묵의 세계에서 가장 극적인 방식으로 자기를 부정하는 다양한 시도가 일어난다. 존재의 무화, 자기부정의 절대에 도달하는 방식으로 '잊힐 사람'은 현재에만 지각이 가능하고 기억되는 존재이다. '아무데도 없을' 무공간성, '뉘에게도 없을' 무 존재성, '내 집에도 없을' 무 친연성, '나에게도 없을' 자기망각의 극단적인 상황이다. 먼저 장소의 부재, 존재의 부재, 관계의 부재까지 이어지다가 끝내 스스로 존재를 무화시키는 단계로 나아간다. 이것은 두 가지의 의미를 갖는다. 자기부정의 정신과 현실을 넘어선 초월 세계에 닿는 정신이다. 대상 부정과 자기부정은 이중부정의 과정을 통해 새로운 차원의 긍정을 끌어내기 위한 것으로 자기 존재를 부정하고 무화시키면서 자기를 넘어선다. 자기 초월은 자신에 대한 무한긍정의 단계로 진입하는 관문이다. 이 시는 단순히 자기부정의 세계를 이야기하는 것이 아니다. 부정의 부정을 통해 긍정의 세계를 변증하는 과정을 잘 보여준다.

시에는 완전 부정이 설정되어 있으나, 이 부정은 미래시제를 택하고 있다는 점이 독특하다. 현재는 아직 기억되고 존재하는 자아가 놓인 특징이 있다. 그렇다면 현재의 긍정으로 미래의 부정은 연기될 뿐 미래에 도달하지 못한다. 왜냐하면 미래시제 자체는 고정될 수가 없기 때문이다. 시적 자아는 미래 어느 시점에서 잊혀질 사람으로 비장미가 흐른다. 미래에 잊혀질 사람이라 단정하지만 현재 아무 것도 결정된 것은 없다. 미래에 잊혀질 것이라는 예상은 그 자리에서 벗어나지 않는다. 현재적인 의미는 단지 미래에 잊힐 사람으로서만 유효하다. 그러므로 자기부정은 미래로 연기될 뿐이다.

「죽엄을 바라보며」의 '문'은 이곳에서 저곳으로 건너가는 경계를 가리킨다. 이 공간의 극한에 다다라 끝이 나면 다른 공간으로 건너가는 지점으로 놓인 '문', 그 문을 열면 이 세계는 문이 사라진 닫힌 공간이 된다. "하나의 문™을 바라보는 것입네다//바라뵈는 문으로 가고 있는 것입네다//부러 다가가도 열 수 있는 문이지만//달려가지 않아도 열려오는 문이기에" 죽음에 이른다는 것은 그 '문'이 보이기 시작하는 것이고 자연스럽게 문에 가까이 가서 스스로 열게 된다. 의도적으로 그 문을 열 수 있으나 굳이 가지 않아도 어느 틈에 문 앞에 당도할 시간이 누구에게나 있으므로 다만 그 문을 응시하는 것으로 대신한다. 문을 응시한다는 것은 죽음을 만나는 상태를 가리킨다.

죽엄은 우리에게 없지 못할 사건이다. 죽는다는 그것 만도 실로
큰 사건인데, 죽었을 때 따르는 수속도 상당하다. 〈이 세상을 떠나
는 수속〉, 〈저세상에 드는 수속〉, 〈흙에 묻는 수속〉이 다 없지 못할
수속이다. 이승은 복잡하고, 그 복잡한 이승을 떠나는 일도 복잡하
다. 이리 번거로우니, 거기에도 무엇이 꼭 있을 듯하다. 헤어지고
만나고, 울고 웃는 일이, 또 있을 듯하여지는 것이다.

—「노우트」 전문

「노우트」의 '죽엄'은 주검의 분철식 표기일 수도 있으나 시
맥락에서 보면 죽엄은 죽다의 명사형 '죽음'의 안동지역 발음으
로 보는 것이 자연스럽다. 죽음은 생명 있는 자라면 '없지 못할'
결국 있을 수밖에 없는 사건이 된다. 엄청난 과정을 수반하는
걸로 죽음의 의미를 풀어놓는다. 이 세상을 떠나기 위한 준비와
다른 세상으로 들어가기 위한 준비가 크게 놓인다. 물론 이 세상
을 떠나면 흙 속에 묻힐 준비도 필요하다. 죽음이라 부를 현상
이후에는 많은 과정이 놓인다. 이 과정을 '수속'이라 표현한다.
이곳 세상의 복잡한 삶처럼 저곳 세상의 삶도 별로 다르지 않을
것을 예감하며 죽음을 객관화시키는 중이다. '헤어지고 만나고
울고 웃는 일'이 죽음 이후의 세계에서도 그대로 이어질 것 같지
만 가치평가를 하지는 않는다. 죽음이 곧 또 다른 삶의 지속이
되는 것은 아닌지 염려한다. 생명은 끝나는 것이 아니라 공간이
동을 통해 순환하는 것임을 예감한다.

훗날 나는
흙일 테요
흙이어서 풀
풀이어서 풀꽃일 테요

기왕이면
아주 고운 꽃이고 싶지마는
돌에도 관冠을 두는
인간人間 너울사
훌훌 벗고

해와
달과
바람 속에
그냥 피는 영광榮光이다가

철 가서 잎 지는 땐
씨 하나 떨워 남는······

그 회귀廻歸가 원願이 되는
한 줌의
흙일 테요

—「훗날」 전문

위의 시에서 흙은 순환의 출발점이다. 순환론적 시간의식이 갖는 우주적 합일은 영원불멸을 표방하는데 이것은 자아를 회복하는 의미를 갖는다. 존재의 차원을 달리하는 첫 단계로서 흙이 흙으로만 머물지 않고 순환을 시작한다. 흙은 풀을 키우는 생명의 터전이 되고, 다시 풀 자체로 변화한다. 그 풀은 풀로만 머물지 않고 풀에서 꽃을 피워 다시 생명을 피워낸다. 그 생명현상의 절정을 지나 가을을 보내고 완전히 흙으로 하강하면서 존재차원을 달리한다. 그리고 순환의 대열에 오른다. 이 순환에서 생명이 갖는 변화가 일어나지만 생명 그 자체는 지속된다. 이 과정을 단순하게 정리하면 '흙-풀-풀꽃-흙' 과정으로 순환이 일어난다.

시간이 흐른 어느 먼 날 흙이 되기를 희망하는 시적 자아, '돌에도 신분'이 있는 세상사를 넘어서서 흙이 되고자 한다. '해', '달', '바람' 사이에 소리 없이 피는 자체를 영광으로 아는 풀꽃으로 씨앗 하나 세상에 남겨놓고 다시 흙으로 돌아가는 일, 그 겸손한 회귀가 생명현상이다. 생명 가진 존재로 태어나 그 생명을 유전하는 후세를 남기는 일은 가장 귀중한 일이 된다. 죽음 앞에서 가장 낮아지고 작아지면서 존재를 드러낸다. 본능적으로 생명은 생명을 지속하는 일을 최우선 과제로 두고 전념한다. 역설적으로 죽음 앞에서 살아있음을 가장 절절하게 이해하는 것이다.

5. '돌'에서 '꽃'까지 생명의 승화

생명현상은 자연의 조화에서 일어나고 지속되기에 인간 의지의 개입은 미미하다. 사물이 보여주는 살아있음의 지향은 단순히 개별 사물들의 의지에서 비롯하는 것이 아니다. 자연으로 불리는 천지 기운의 작용에서 일어난다. 그 생명의 광활함과 원시성을 신승박은 자연에서 찾아낸다. 봄날 피는 꽃들의 진통에서 생명을 발견하고 계절변화와 함께 지속되는 삶을 생명현상으로 다룬다. "생명 일반이 존재하며 무엇보다도 인간의 생명이 존재하고 미래에도 존재할 것이라는 사실은 그 자체로서 선한 것이다. 이러한 선으로부터 하나의 호소, 즉 인간을 존재토록 하는 외침이 나오게 된다."5) 여리고 하찮은 존재 안에 깃든 생명에서 우주의 자연현상까지 생명 아닌 것이 없는 상태를 헤아린다.

신승박의 생명사유는 사소함에서 거창한 생명까지 아우르며 결국 생명 아닌 것이 없는 세계인식을 보여준다. "인간은 지구라는 거대한 집에 다른 생물 그리고 무생물과 함께 세 들어 사는 관계론적 존재라는 생태학적 인식"6)에서 볼 때 생명 순환의 인식은 우주 차원에서 가능해진다. 우주 차원에서 솔잎 하나에 담긴 의미, 새싹의 움에 동반되는 울음은 생명에 대한 깊은 관찰

---

5) 구승회, 『에코필로소피』, 새길, 1995, 233쪽.
6) 김용민, 『생태문학: 대안사회를 위하여』, 책세상, 2003, 98쪽.

없이 불가능한 세계이다. 생명은 우주에 존재하는 모든 것에
스민 기운이고 그 모든 사물들은 상호적인 관계 속에 놓였다는
것이다.

모든
무無로부터
존재存在하는 것

거기엔 탄생誕生의
울음이 있다

그리고, 그 머리
진통陣痛이 있다

훈풍薰風이 라일락을
진통陣痛한 봄 언덕에

보랏빛 라일락은
보랏빛 울음이다

─「울음」 전문

존재가 세상에 처음 태어날 때 동반하는 것은 울음이라는 신
체 반응이다. 특히 인간의 태아만이 태어나는 세계를 향해 울음

소리를 낸다. 존재가 보이지 않던 상태에서 존재가 나타날 때 일어나는 현상을 울음으로 본다. 태어나지 않으면 울음도 없고 울음이 없으면 생명도 없는 상태가 된다. 존재는 울음이라는 고통을 통해 드러난다. 생명의 시작은 울음에서 비로소 가능해진다. 봄날 새싹도 겨울 땅을 뚫어내는 고통을 통해 생명을 피운다. 봄꽃들 역시 겨울의 두꺼운 수피를 뚫고 꽃눈을 틔워내야 하는 고통의 시간이 있다. 봄의 라일락 역시 꽃피우느라 "보라빛 울음"을 운다. 그러므로 라일락꽃은 울음 그 자체로 볼 수 있다.

잔설殘雪 녹아
나목裸木엔 움이 돋는다
그러나 잔설殘雪 숲에
돌아오는 봄볕 있어
혹풍酷風과 겨울도
사뭇 죽지 않는다

뭇 존재存在와 시간時間의
교직交織인 자연自然에서
배율背律로 된 이 섭리攝理는

인생人生에서 성聖스런
연륜年輪이 된다

광야曠野에서 소생蘇生하는

그 어느 수혈樹血보다

고난苦難으로 다져지는

생명生命의 빛이

엄동嚴冬에도 얼지 않는

샘물처럼 솟아나

저 이른 봄

강江가의

버들눈 되는……

—「年輪」 전문

　「年輪」은 솔 이파리의 파도가 견인하는 봄처럼 생명이 피기까지의 고난을 상세하게 그리되, 고난의 동력이 생명의 원천임을 보여준다. 나목에 움 돋는 생명의 시간, 겨울 잔설이 내려도 봄볕을 동반하는 자연은 생명 그 자체이다. 이때 겨울은 죽어가는 시간, 봄은 되살아나는 시간으로 보는 것이 아니라 겨울과 봄의 순환에서 두 계절은 살아있는 생명의 시간이 된다. 이 동시적으로 존재하는 자연현상을 시인은 "배율로 된 섭리"라고 풀었다. 이때 배율은 반대되는 자연의 섭리를 말한다. 분명 겨울과 봄은 죽음과 태어남의 배율을 이루는데 이 시에서 두 계절은 모두 생명지향의 시간이 된다.

겨울의 시간을 넘어 봄의 시간으로 이어지면서 시간의 단위는 체험의 누적이나 연륜으로 바뀌고 태어남에 비중을 둔 시간을 강조해 "성스러운 연륜"이 된다. 생명의 신비한 조율은 인간 의지를 벗어난 성스러운 영역이 된다. 겨울에도 얼지 않는 존재들이 봄을 불러내는 것인데 "강가 버들 눈"이 바로 그런 생명의 촉이다. 겨울 시간은 평면적으로 병존하는 것이 아니라 매우 입체적인 고난으로 이어진다. 생명을 준비하고 다시 살아나는 존재에게 겨울은 역동적인 시간이다. "고난으로 다져지는 생명의 빛"에서 알 수 있듯이 생명의 고유한 빛은 고난에서 발생하고 고난은 쉼 없이 움직인다.

　　남아있던 눈마저 녹은 자리에 움이 돋는 봄이 오지만 봄 속엔 혹풍이 아예 없는 것이 아니다. "존재와 시간의 교직交織인 자연"의 섭리 안에는 배율이 놓인다. 봄 속 겨울과 같은 생명의 빛이 겨울에도 얼지 않고 남았다가 봄이 되면 그 기운을 피워낸다. 그 연륜의 증거로 이른 봄 강가의 버들눈이 그렇다. 배율이라는 생명의 질서가 없다면 죽음 이후 생명은 다시 시작되지 못한다. 자연의 섭리는 모순 속에서 생명이란 조화를 만들어낸다.

　　새는 날 줄 알아
　　돌이 아니다
　　꽃은 미소微笑 있어
　　돌이 아니고
　　매아미는 울 줄 알아

돌이 아니다

울고
웃고
노래를 부를 줄 알고
귀뚤이도 사랑할 줄
아는 사람은

길가의 조약돌만
아닌 것이 아니라
태산泰山의 바위도
뷔너스로 쪼는 정釘

정釘과 돌이 마주
부딪힐 때마다
무수無數히 튀는
불꽃이다

ー「돌이 아닌 사람은」 전문

    돌 이미지는 무 생명성을 표현하기 위한 장치이다. 무기물조차 우주 차원에서 생명기운으로 태동한다고 볼 때 돌을 무 생명의 비유로 선택한 것은 자연사물 가운데 가장 무 생명성에 가까운 이미지 때문이다. 단단한 표면은 변하지 않는 물질로 보이지만 풍화작용 속에서 돌은 깎여나가 모래가 되고 흙이 된다. 흙은 돌이었던 적이 있으니 돌에도 생명이 부재할 수가 없다. 돌은 돌 자체로 머물지 않고 다시 흙으로 돌아가는 순환 안에 놓인 생명이지만 시적재현에서 돌은 생명현상이 없는 존재로 설정되었다. 다만 이 시에서 돌을 무 생명성의 기준으로 설정했을 따름이다.

새가 날고, 꽃이 피고, 매미가 우는 것은 생명이 있어 돌이 될 수 없다. '돌이 아닌 것'의 증거는 모두 살아있음의 구체 현장으로 드러난다. 새와 꽃과 매미를 사랑하고 귀뚜라미까지 사랑하는 사람은 돌이 아닌 것과 대비를 이룬다. 생명성은 자연 사물의 사랑에서 촉발된다. 생명 승화가 일어나기 위해 필요한 것은 사랑이다. 생명 어린 온갖 자연물과 반 생명으로 설정한 돌은 대응구조를 이룬다. 그런데 돌은 반 생명 상태로 머물지 않고 정이 돌에 부딪혀 일으키는 불꽃으로 깨어난다. 태산이 비너스 형상을 갖추기 시작할 때 이제 돌은 새로운 생명을 갖게 된 것이다.

돌과 사람의 비교에서 사람이 지닌 생명성을 강조하는 가운데 돌은 자연스럽게 하위대상으로 놓인다. 자연 사물의 모든 살아있음 보다 한 차원 높은 곳에 사람의 생명을 놓는다. 새는 날고 꽃은 피고 매미는 울면서 살아있음을 스스로 증명한다. 스스로 반응하는 행위는 생명의 움직임이다. 귀뚜라미는 울고 웃거나 노래를 사랑하기에 생명을 사랑할 줄 아는 것처럼 시적 자아 역시 자기 존재를 드러낼 때 생명의지를 키울 수 있다.

자연물의 생명보다 생명 의지를 발휘하는 사람은 조약돌과 바위를 정으로 쪼면서 불꽃처럼 튀는 자신을 확인한다.

생명生命은 불이었네
태울 수도 없고
식힐 수도 없는

작열하는 공백空白의
몸부림을 먹고
떼살치게만 달려가는 곳

내일來日을 바래는
걸음 걸음
겨루어 재게 밀쳐가는 곳

낚구어 먹고 살아
핏빛을 보고 살아
눈발을 밟고 살아

구토嘔吐를 아끼고
내랍시네
하던 말머리

살아 살아
생명生命은
줄기찬 내뻗음이었네

보이고녀
들리고녀
쾌筷하는 눈빛

참眞하고
허虛는 정하다냐
유有는 무無한 거이 나랴

아름다운 속 빈 항아리
취醜한 건 백白으로
살아 살아

생명生命은 불이었네

—「生命」 전문

　　신승박 시에서 삶의 의지가 강하게 보이는 생의 긍정이 드러
나는 작품은 「生命」이다. 생(명)에 대한 집착과 생의 근원은 자
연스러운 것임을, 인간 개인 의지로 어떻게 할 수 있는 대상이
아님을, 끝없이 만들어내고 지속되는 것임을, 원래 있던 그대로

를 이해하는 선에서 생명 현상을 바라본다. 어쩌면 그리움과 외로움에 지친 스스로의 몸을 보면서 결국 생은 끝없이 지속되는 순환구조임을 인정하는 것이다. 생명에 대해 긍정적인 자세를 보이는 정도에 그치는 것이 아니라, 생명 자체의 자력이 품고 있는 세계를 다양하게 접근하면서 생명력을 표현하려고 하였다.

6. '맥향', '글밭' 동인과 함께한 시인

『별밤에』 후기에서 신승박은 자신의 입장을 드러내는데 그 내용을 요약하면 다음과 같다. '혈족을 갖지 못한 외톨', '감방과 번호표가 없는 수인'이라고 자신을 밝히는 시인. "구태여 시의 세계를 구분 지어 보라면 피와 삶이 교차되는 생명의 불만과 외로움에 짓눌린 적막한 순간의 눈물로나마 진정한 아름다움을 표현하려는 목이 없는 뷔너스의 세계"라고 한다. "마음껏 울 수조차 없는 수인의 도사린 절망과 미쳐 버릴 것만 같은 순간에 수인이 기억하고 있는 고운 눈망울과 따사롭고 고운 손길이 어쩌면 나의 독백이고 나의 시詩라고 고백할 수 있는 대담성이 있다."7)고 밝힌다.

신승박은 스스로 자신의 시적 의지는 매우 확고하고 문학적

---

7) 신승박, 「후기」, 『별밤에』, 문하문화사, 1961.8.20.

주체성은 흔들림이 없음을 드러냈다. 삶과 문학이 분리될 수 없는 세계관을 드러낸다. "그대에게 쓰라고 명하는 근거를 확인하십시오. 그대의 마음바닥에 그 근거의 뿌리가 뻗어 있는지 어떤지를 확인하십시오. 쓰지 못할 바에야 차라리 죽는 것이 나은지 어떤지 자기가 마음에 물어 보십시오. …… 문학을 하는 사람은 그 어느 분야를 택한 사람보다도 치열하고, 비장하리만큼 철저한 자세가 되어 있어야 할 것이다."[8]

「하늘의 시」 한 편에 신승박의 시 세계가 모두 담긴다면 과언이다. 그러나 그의 시 세계를 한 편의 시로 풀어낼 수 있을 정도로 넓고 깊다. 자연 대상인 하늘뿐만 아니라 삶의 숭고함과 초월적 이상, 그리고 관념으로서 하늘까지 모두 포함하고 있다. 그러니 죽음 관련 시편과 생명 관련 시편이 「하늘의 시」와 연결되지 않는다면 도리어 이상하다. 그는 「하늘의 시」에서 하늘은 부족한 인간을 '영원히' 가르친다고 했다. 죽음과 생명의 근원적인 관계를 알 수 없는 인간의 부족함은 하늘에 의지한 상태에 머문다. 이렇듯 죽음 그리고 생명에 대한 깊은 사유 역시 모두 삶으로 수렴된다.

일찍 시집을 출간하고 문교부장관상도 타고 시재가 남달랐던 소년 신승박은 시에 인생을 걸었다. 대학도 선배들처럼 문예장학생으로 가기 위해 고군분투했으나 이루지 못했다. 그럼에도 '맥향' 동인 후배들까지 독려하며 시창작을 꾸준하게 이어갔다.

---

8) 맥향문학동인회, 『맥향』 창간호, 1974.

신승박의 조카 이영석을 따라 신승박의 안동 시내 거주지를 두루 돌아보았다. 안동의 문학청년들이 신승박의 방을 자주 찾아왔고 조카도 외삼촌과 어울리는 사람들을 잘 알고 지냈다. 안동 신시장을 중심으로 동네 몇 군데 이사를 다니며 경제적으로 누나들의 도움을 많이 받으면서 살았다.

독일로 간 부인과 아들을 만나지 못하는 아픔은 신승박 시에 깊은 사유를 불러낸다. 그리울 때 보는 하늘은 그리움을 수용하는 넉넉한 세계가 된다. 가족들과 헤어져 혼자 있는 외로움은 하늘을 통해 승화되었지만 안타깝게도 지병으로 요절하게 된다. 신승박을 아끼는 안동의 선후배 문인들이 시비를 영호루 옆에 세워 뜻을 기리고 있다. '글밭' 동인들이 주축이 되어 시비를 세웠는데 그 자리에 서면 낙동강이 유유하게 흐른다. 1993년 빗돌을 세우며 유고시집 『하늘의 시』도 함께 출간했다. 노모가 간직하고 있던 원고뭉치가 유고시집으로 묶였던 것이다. 두 권의 시집 이외 시인이 손으로 묶은 시 몇 편을 확인할 수 있었다.[9] 작품마다 그림을 그려 넣어 시화집으로 꾸민 것이다. 이 작품도 전집에 함께 싣는다.

신승박은 1960~70년대 안동의 현대문학사에서 단연 돋보이는 존재이다. 전통적인 한의 정서를 다룬 서정시를 잇는 시적

---

9) 1963년 조그마한 노트에 글과 그림을 직접 그려 넣어 얇은 시집을 손으로 만들었다. 조카가 소장하고 있는 이 수고본은 시를 적고 그림도 직접 그려 시가 지향하는 바를 구체화시켰다. 「소녀의 肖像」, 「소라」, 「항아리 素描」, 「항아리 object」, 「파―잎」, 「굴렁쇠」, 「달밤」, 「거절하며 사는 마음」, 「유성의 묘지」, 「反語」, 「소네트」 등의 17편이 수록되어 있다.

성취뿐만 아니라 안동지역문단에 현대문학을 창작할 수 있는 발판을 마련한 역할이 크다. 당시 안동에는 시인이 거의 없었고 더구나 시집을 발표한 경우는 아예 없다시피 한 상황이었다. 현대문학 창작이 활성화되기 전 앞서서 그 길을 먼저 걸었던 시인이다. 또한 신승박은 개인 창작에만 관심을 기울이지 않고 선후배들과 함께 문학활동을 했다. 대표적인 동인이 '맥향'과 '글밭'이다. 맥향문학회는 고교생들의 조직이어서 실제 창작 관련 지도를 하기도 하였다. 『글밭』은 창간호부터 시를 실을 정도로 관여한 바가 크다.

　어느 지역이나 비슷하겠지만 안동에서도 글을 쓰며 지역작가로 활동하는 사람들이 적지 않다. 하지만 그분들의 작품이 제대로 알려지기는 쉽지 않다. 특히 과거로 올라갈수록 작품 싣는 지면을 구하기 어려웠고 그 지면이 보관되는 일도 드물었다. 신승박의 경우도 별로 다르지 않았다. 더구나 신승박은 요절하는 바람에 쉽게 잊혀지면서 작품을 구해 읽기가 더욱 어려워졌다. 그의 작품을 정리해서 세상에 내놓고 시 세계를 함께 돌아보는 일은 안동지역의 문학사를 더욱 풍성하게 할 것이라 생각한다. 지역작가들의 작품을 찾아서 많은 사람들이 쉽게 읽을 수 있도록 정리하는 일을 통해 지역문학의 역사를 꾸준하게 쓰고자 한다.

신승박(申勝博) 연보

1944년 6월 15일 안동시 일직면 구미동 772번지 출생.

아버지 신두석(申斗碩)과 어머니 조분희(趙粉喜) 사이에 4남

매 막내이자 외동아들로 태어나다.

아버지는 장날 우마차로 판잣집을 옮겨주는 일을 하심.

(1960년대 전후까지 오늘날 이동식주택이나 텐트처럼 남의

땅 위에 무허가로 임시거주를 했던 사람들이 많았다.)

1955년 일직초등학교 졸업.

1958년 안동중학교 졸업.

1959년 경안고등학교 2학년 재학 중 문교부장관상 수상.

1961년 한하운 시인이 운영하던 무하문화사에서 시집

『별밤에』 출판.

신춘문예 준비를 위해 경안고등학교를 그만두고 시작에 전념

하다.

당시는 책 출판에 경비도 많이 들었지만 아버지는 아들의 시

집 출판을 위해 우마차 운영에 필요한 말을 팔아 비용을 마련

하였음.

1963년 수고본 (시집 맨 마지막 장에 '1963년 아듀에'라고 쓰여 있음)

'도구와 오브제', '망각 이후', '실명선언' 3개의 주제로 17편을

묶어 수고본 시집 1부를 만들다.

1969년 '글밭문학회'에 선배문인으로 초대.

『글밭』 7월 창간호. 「분수」, 「꽃병」 발표.

『글밭』 2호 「현대」, 「푸라토닉·러브」 발표.

1970년 『글밭』 3·4집 「란」, 「한 겨우나기」 발표.

12월 30일 이덕희(李德姬)와 결혼하다.

1971년 6월 7일 아들 으뜸 출생. (안동군 월곡면 미질동 1097번지)

부인이 파독간호사로 아들을 데리고 독일로 떠남.

혼인 이후, 신시장 근처에서 살았음.

광석동 구 농고 네거리, 버버리찰떡 6거리상회, 당북동, 옥야

동 등지를 옮겨 다니며 살다.

당북동에서 '은하수 공부방'을 열기도 하다.

『글밭』 6집에 「연륜」, 「월곡에서—K에게—」 발표.

1974년 7월 '맥향문학동인회' 창간호 『맥향』에 「동인활동과 문학생

활」을 특별 기고하다.

8월 월간 시전문지 『풀과별』을 통해 시 「義成 孤雲社 大雄殿

龍마루」를 발표.

9월 4일 부인과 아들에 대한 그리움이 깊어지고 지병도 심해

지면서 작고하다.

팔꿈치가 헤지고 상처가 덧나도 병원에 가지 않아 치료를 제

대로 받지 못했다. 신경통 약을 덕일약국에서 사 먹고 진통제

로 아픔을 달래는 정도였다. 피부가 벗겨지고 곪으면서 관절과 힘줄이 보일 정도였지만 직접 약 조제를 하는 외에 병원 치료를 받지 않았다고 전한다.

1978년 『안동문학』 1집~3집까지 고 신승박 시를 소개함.

1993년 유고시집 『하늘의 詩』 상재.

　　　　고 신승박 시비 영호루 경내 건립.

2011년 6월 안동시 옥동 테마플라자 주변 공동묘지를 택지로 개발하면서 그곳에 있었던 시인의 무덤을 개장하고 유골은 화장해서 영호루 신승박 시비 주변에 뿌렸다.

엮은이 **한경희**

경북 안동에서 나서 안동대학교를 졸업하고 한국학중앙연구원에서 석사·박사를
마쳤다. 연구서로는 『한국현대시의 내면화 경향』(2005)과 『대구·경북의 지성과
운동 총서』 13·14(2005, 공저), 『동아시아와 한국의 근대』(2009, 공저) 등을
냈으며 지역과 관련하여 『권정생』(2018), 『안동원촌마을』(2011, 공저), 『안동부
포마을』(2012, 공저), 『하회 이야기』(2020, 공저), 『전통을 짜는 사람들』(2021,
공저) 등이 있다. 현재 안동대학교 교양교육원 초빙교수로 일하고 있다.

신승박 시 전집

ⓒ신승박·한경희, 2022

1판 1쇄 인쇄__2022년 09월 05일
1판 1쇄 발행__2022년 09월 15일

엮은이__한경희
펴낸이__양정섭

펴낸곳__경진출판
　　　등록__제2010-000004호
　　　이메일__mykyungjin@daum.net
　　　사업장주소__서울특별시 금천구 시흥대로 57길(시흥동) 영광빌딩 203호
　　　전화__070-7550-7776 **팩스**__02-806-7282

값 18,000원
ISBN 979-11-92542-04-1 93810